KB146773

살인자는 천국에 있다

살인자는 천국에 있다

고조 노리오
장편소설

박재영 옮김

CLOSED
SUSPENSE

HEAVEN

하빌리스

Heaven wheels above you, displaying to

you her eternal glories,

and still your eyes on the ground.

– Dante Alighieri

차
례

닫힌 천국

등 뒤에 누군가가 서 있다.

전신 거울을 보며 옷매무새를 가다듬고 있는데 거울에 그림자가 비쳤다. 어둠이 짙게 깔린 터라 표정까지는 살필 수 없었다. 하지만 어디선가 본 적이 있는 얼굴이다.

이놈이 누구더라? 곰곰이 생각해 봤으나 답이 나오기도 전에 내 의식은 작은 빛에 사로잡혔다. 벽에 달린 촛대 모양의 조명 빛이 어두운 칼날에 반사되고 있었다.

그 빛이 목덜미에 닿았다. 차가운 감촉이 전해진다. 그와 동시에 직선으로 하얀 궤적을 그리며 칼날이 피부를 스친다. 목에 남은 상처가 금방이라도 웃음을 터트릴 것처럼 크게 입을 벌리고 새빨간 침을 흘린다. 도움을 청하려고 배에 힘을 줬지만, 기도가 절단된 탓인지 목에서는 거품만 솟아오를 뿐 목소리는 나오지 않는다.

머릿속이 차가워진다. 눈에 비치는 풍경이 일그러진다. 밤바다에 잠기는 듯한 기분을 느끼며 마지막 순간, 강하게 확신했다.

나는 틀림없이 살해당했다.

손가락 사이로 모래가 파고들었다 빠져나간다. 파도 소리가 들린다. 바닷물이 차올라 점차 뺨이 젖어 든다.

차가운 물 덕분에 비로소 정신이 든 나는 바로 일어나서 주변을 둘러봤다. 해가 낮다. 동이 튼 지 얼마 안 된 모양이다.

"여긴 어디지…."

고운 모래로 이루어진 해안이 저 멀리까지 이어졌다. 육지를 향해 호를 그리고 있으니 아마 이곳은 반도나 외딴 섬이리라. 바다로 시선을 돌려도 다른 육지는 보이지 않는다. 그저 수면이 반짝이며 햇빛을 반사할 뿐이다.

파도가 흔들린다. 빛도 흔들린다. 번쩍이는 탓에 시야가 흐려진다. 마치 꿈속에 있는 것만 같다. 그런 생각을 하며 목을 더듬어 보니 상처가 없다.

"어? 말도 안 돼…."

분명히 목을 베였다. 눈을 감으면 그 생생한 감촉을 얼마든지 되살려 낼 수 있다.

잠시 기억을 더듬자 목에 날카로운 통증이 느껴졌다. 손끝이 빨갛게 물든 걸 보니 피가 난 듯하다. 역시 목을 베인 게 맞았다. 그 상처가 얼마쯤 아물었다고 생각하는 것이 옳으리라.

그런데 어째서?

쉽게 회복될 상처가 아니었다. 적어도 하룻밤 사이에 아물었다고 생각하기는 어렵다. 그렇다면 며칠 동안 의식을 잃은 상태였다는 뜻인가? 게다가 또 한 가지 묘한 점이 있다. 바닷가에 쓰러져 있었는데도 옷이 거의 젖지 않았다. 즉 나는 파도에 떠밀려 온 게 아니라 누군가에 의해 이곳에 옮겨졌을 가능성이 크다.

그런데도, 누구에게 무슨 짓을 당했는지 전혀 알 수가 없다.

"…나는 누구지?"

기억이 사라졌다. 머릿속에는 살해당했다는 기억만이 남아 있을 뿐, 그 외의 정보, 이를테면 이름이나 직업 같은 기억들이 전부 사라졌다.

급하게 머리부터 얼굴까지 더듬고 가슴팍을 만져 본 후 바지 주머니를 확인했다. 하지만 신원을 확인할 수 있는 물건은 단 하나도 없다. 복장은 아무 무늬 없는 흰색 셔츠와 회색 슬랙스, 맨발에 가죽 구두라는 흔하디흔한 차림이라 아무것도 추측할 수 없다. 조리모라도 쓰고 있었다면 직업이라도 알 수 있었겠지만 그런 행운은 따라 주지 않았다. 지금 상황에서 알 수 있는 거라곤 이 몸이 콧수염과 턱수염이 난 남자라는 사실뿐이다.

계속 바닷가에 서 있어 봤자 아무것도 해결되지 않는다. 그런 생각이 들어 일단 사람을 찾기로 했다. 둘러보니 코앞에 길이 있다. 해안에 맞닿은 숲 일부가 아치형으로 뚫려 있다. 차량이 한 대 지나갈 수 있을 정도의 폭. 바닥에 자갈이 깔려 있는 것으로 보아 분명히 인위적으로 만들어진 길이다. 곧장 그 길을 따라 걷기 시작했다.

잠시 걷다 보니 엔진 소리가 들린다. 울창한 침엽수림 너머에서 희미한 울림이 전해진다. 소형 오토바이 소리인 듯하다. 덕분에 이 근처에 틀림없이 사람이 있다는 확신이 생겼다. 그 사소한 희망이 발걸음에 힘을 더한다.

예상대로 얼마 지나지 않아 한 저택에 다다랐다.

"이건…."

머리가 지끈지끈 아팠다. 위화감, 아니 기시감이 느껴졌다. 이 풍경을 안다. 무척 중요한 무언가가 이곳에 숨겨져 있다는 느낌이 든다.

검은 지붕에 연노란색 외벽. 그 2층짜리 서양식 목조 저택은 드넓은 영국식 정원 한가운데에 서 있었다. 연식이 느껴졌지만 잘 관리된 정원에, 현관도 깔끔하게 청소돼 있어 지금도 여전히 사용하는 건물임을 알 수 있었다. 어쩌면 관광지에서 자주 볼 수 있는 자료관일 수도 있지만 안에 누군가가 있을 것 같았다.

저택 현관에는 초인종, 즉 인터폰이 아니라 진짜 종이 달려 있었다. 아래로 늘어진 얇은 체인을 당기자 딸랑이는 소리가 경쾌하게 울렸다. 곧바로 분주한 발소리가 들리더니 양문형 현관문의 한쪽 문이 실내 방향을 향해 열렸다.

"아 어서 와요. 기다리고 있었어요."

문틈으로 나타난 사람은 통통한 중년 남성이었다. 검은색 티셔츠에 히프 색을 찬, 도무지 이 서양식 저택에는 어울리지 않는 차림새를 한 남성. 그러나 복장보다도 신경이 쓰이는 건 이 남성이 내게 건넨 말이다.

"기다리고 있었다니, 대체 무슨 소리예요?"

"자자 사소한 건 신경 쓰지 말고 일단 들어와."

기억을 잃기 전에 알던 사이였나? 어쩌면 목을 벤 범인일 수도 있다. 그런 생각을 하며 굳은 채로 서 있자 중년 남성이 다정하게 웃어 보였다.

"하긴 경계하는 게 당연하겠다. 아무것도 기억 안 나죠?"

"어, 어떻게 그걸 압니까?"

"여러 가지 사정이 있거든. 일단 안으로 들어가서 얘기할까?"

중년 남성이 엄지로 실내를 가리켰다.

수상하다. 너무나 수상하다. 하지만 이 남성이 모종의 사정을 파악하고 있는 건 분명했다. 기억을 되찾을 실마리가 전혀 없는 상황이니 어쩔 수 없다. 상황을 해결하려면 제안에 응할 수밖에.

그런 결론에 도달했다는 사실을 눈치챘는지 중년 남성이 다시 미소 지으며 저택 안쪽을 향해 걷기 시작한다. 나는 황급히, 그러나 신중하게 뒤를 쫓는다.

저택은 본격적인 서양식 건축인 듯했다. 현관문을 지나자 시멘트 바닥이 아니라 신발을 신고 들어갈 수 있는 자주색 카펫이 깔린 바닥이 나왔다. 가장 안쪽에는 현관에 서처럼 양문형 문이 있고, 그곳을 통과하니 2층까지 뻥 뚫린 계단 홀이 눈앞에 펼쳐졌다.

실로 휘황찬란했다. 하얀 천으로 도배된 벽에는 섬세한 자수가 수놓아져 있다. 오래된 마호가니로 만든 듯한 기둥과 요벽腰壁은 천창에서 들어오는 빛을 받아 적금색으로 빛났다. 화려한 장식은 없지만 실내에 사용된 고급 자재로 보아 이 저택의 주인은 상당한 자산가일 것이다.

멍하니 홀을 둘러보는데 갑자기 앞서가던 남성이 큰소리를 냈다.

"여러분, 마지막 등장인물이 도착했어요."

그 말에 반응하듯 여기저기서 문이 열리는 소리가 들렸다.

이윽고 몇 명의 남녀가 홀에 모습을 드러냈다.

메이드 유니폼을 입은 여성과 요리사 복장을 한 남성이 각각 정면의 문과 그 맞은편 왼쪽 복도에서 나왔다. 오른쪽 원형 계단을 내려오는 드레스 차림의 여성에, 2층 난간에 기댄 레게 스타일의 머리를 한 남성, 홀까지 안내해준 중년 남성을 포함하면 처음 보는 사람이 다섯이다. 하나같이 품평이라도 하듯 내게 호기심 가득한 눈빛을 보내고 있다.

대체 이게 무슨 상황일까. 등장인물이라니, 그게 무슨 뜻이지? 그저 당혹스럽기만 하다.

그러자 메이드 유니폼을 입은 여성이 한 걸음 앞으로 나와 깊숙이 고개를 숙이며 인사했다.

"어서 오세요. 기다리고 있었습니다."

또다. 조금 전 들은 것과 똑같은 말.

"저기요, 이 남자분한테도 물어봤는데 기다렸다니 무슨 뜻입니까? 도무지 짚이는 데가 없어서요…."

"기억이 안 나시죠?"

"아니, 그러니까 이 대화도 아까 했다고요."

"저희도 기억이 없어요."

"뭐라고요?"

사정을 파악하기는커녕 더욱더 난처해졌다.

그녀에게 좀 더 자세히 묻고 싶었으나 차가운 인상을 하고 있어 선뜻 말을 걸기가 어려웠다. 20대 중반으로 보였고, 체형과 메이드 의상 때문에 인형 같았다. 심지어 표정도 인형처럼 감정이 느껴지지 않아서 무슨 생각을 하는지 전혀 알 수 없었다.

그에 비하면 히프 색을 찬 중년 남성은 훨씬 다가가기

쉬웠다. 그래서 그쪽에 말을 걸기로 했다.

"당신도 기억이 없는 겁니까?"

"음, 뭐 그렇지."

말투가 꽤나 가볍다.

"이유가 뭡니까? 이제 그만 자세한 내용을 알려 주세요."

"메이드 씨한테 물어보는 게 나을 거야. 나도 그 사람한테 이것저것 들었거든."

이대로 남자를 다그쳐도 별수 없어 보였으므로 하는 수 없이 메이드 의상을 입은 여성 쪽으로 몸을 돌려 최대한 예의 바르게 물었다.

"차근차근 자세히 알려 주실 수 있나요?"

여성이 양손을 배 앞으로 포개고 점잔 빼듯이 천천히 입을 열었다.

"여기는 천국입니다."

그 말을 잘게 씹어서 삼켰다. 그러고는 다시 중년 남성 쪽을 돌아봤다.

"이건 아니지. 말도 안 되잖아요."

"아직 1절도 시작 안 했으니까 조금만 참아 봐."

그렇게 타이르기에 마지못해 여성 쪽으로 몸을 돌렸다.

"저기요, 진지하게 듣고 있다고요. 천국이라니 무슨 말입니까?"

"목을 베이지 않으셨나요?"

희미하게 빛나는 칼날이 뇌리를 스쳤다.

"…베였습니다. 그걸 당신이 어떻게 알죠?"

"이 자리에 있는 여섯 명은 모두 목이 잘려 죽었습니다. 그리고 그 사실만큼은 누구나 명확하게 기억하고 있어요."

"죽어요? 농담 말아요. 그럼 이곳이 사후 세계라도 된다는 말입니까?"

"넓은 의미에서는 맞아요. 그래서 조금 전에 천국이라고 말씀드렸습니다."

얼굴이 굳어져 나도 모르게 건조한 웃음소리를 흘리고 말았다.

─나는 틀림없이 살해당했다.

기억을 잃은 것뿐이라면 이런 농담 같지도 않은 이야기는 상대도 안 했을 것이다. 이런 터무니없는 이야기를 진지하게 듣고 있는 건, 순전히 아직 목에 남아 있는 생생한 감각 때문이었다.

"천국이라고 칩시다. 그럼 둥실둥실한 구름 위라도 걸을 수 있다는 겁니까?"

"아니요. 여기는 작은 무인도입니다. 저택 밖에는 소나무 숲과 모래사장뿐이에요."

여성은 매우 침착했다. 그 태도에 묘하게 신경이 곤두섰다.

"이런 천국은 본 적이 없어요. 아니, 애초에 어떤 천국도 본 적이 없지만요. 그럼 우리가 영원히 이 저택에 있어야 하는 겁니까?"

쏟아 내듯 묻자 여성이 고개를 갸웃거리며 이쪽을 쳐다봤다.

"궁금해서 여쭤보는 건데요, 천국을 어떤 곳이라고 생각하세요?"

"천국이요? 뭐 솜사탕 같은 구름 위에서 흰색 로브를 입은 수염 난 아저씨나 머리 위에 고리가 있는 천사들이 웃고 떠드는 그런 곳 아닌가요?"

당돌한 질문에 아무렇게나 대답했다. 여성도 충분히 이해했다는 듯 고개를 끄덕인다.

"서양적인 종교관을 가지셨군요."

"종교관이라니요, 저 신 같은 거 안 믿어요."

"알고 있습니다. 어디까지나 이미지적인 면에서 말씀드린 거예요. 저도 비슷한 풍경을 떠올렸거든요. 다만 일본에서는 연못이나 부처를 연상하는 분들도 많지 않나요?

그런 경우에는 극락이라고 부르기도 합니다.”

“불교를 믿는 사람이라면 그럴 수도 있겠군요.”

“그 밖에도 일본 고유의 민속 종교인 신도神道나 애니미즘처럼 죽은 뒤에도 영혼이 현세에 머무른다는 식의 사상이 있지요. 문화에 따라 천국의 풍경은 얼마든지 달라질 수 있어요.”

“그래서 그게 어쨌다는 겁니까?”

재촉하듯이 다소 강한 말투로 말했다. 언제까지고 이런 설명을 듣고 싶지는 않았으니까.

“천국도 결국 사람이 만들어 낸 세계라는 말을 하고 싶었습니다. 집단이 공유하는 인식이나 감각, 소원이 투영된 게 바로 천국이라는 이야기를요.”

드디어 이 대화가 끝날 기미가 보였다.

“요약하자면 당신은 ‘이 장소가 나의 아니, 우리의 잔류 사념이라고 생각하는 게 낫다. 이곳은 여기 모인 사람들의 공통 인식 및 소원으로 만들어진 세계’라는 말이 하고 싶은 거군요.”

“이해가 빠르시네요.”

“하지만 그런 과정에 대해 가설을 세워 봤자 우리가 여기에서 나갈 수 없는 상황에는 변함없지 않습니까? 결국은 의미 없는 망상에 지나지 않아요."

그렇게 단언하자 여성은 미간을 살짝 찌푸렸다.

"그렇지 않아요. 정체를 알 수 없는 누군가에게 살해당한 사람들은 무엇을 절실히 바랄까요?"

여성이 '누군가'를 부러 강조해 발음했다. 그 의도를 헤아리고 이렇게 답했다.

"누가 범인인지 진상을 알고 싶겠죠."

"네, 맞아요. 저흰 이 세계가 진상을 알고 싶다는 각자의 바람이 구현된 것이라 생각합니다. 죽음의 순간만을 강하게 기억한다는 점이 무엇보다 확실한 증거죠. 물론 당신은 이 또한 의미 없는 망상에 지나지 않는다 생각할지 모르겠지만요."

"외려 그렇게 빈정거려 주셔서 조금 안심했습니다. 당신도 그 정도의 감정은 있군요."

비아냥을 비아냥으로 되돌려 주자 여성이 소리 없이 웃었다. 그러고는 마저 숨을 크게 들이마시고는 이어서 말했다.

"진상을 알아내면 미련은 사라집니다. 그럼 이 세계에서 벗어날 수 있을 거예요."

"그 후에는요?"

"글쎄요… 모르겠네요."

둘 사이에 정적이 흘렀다. 주변에 있는 사람들도 계속 말이 없는 상태다.

"…하나부터 열까지 죄다 황당무계한 이야기네."

어이가 없어 딱히 누구에게랄 것 없이 혼자 중얼거렸다. 그러자 여성이 이쪽을 가만히 뚫어지게 바라봤다.

"제 이야기를 못 믿으시겠어요?"

"믿…"

말을 채 잇지 못하고 침을 삼켰다. 짧게 머뭇거리다 이어서 말했다.

"…어요. 희한하게도 믿어지네요."

상식적으로 생각하면 말도 안 되는 이야기다. 그러나 봉인된 기억이 무의식의 영역에서 무언가 작용을 하는 것인지, 이상하게도 여성의 말이 진실로만 느껴졌다.

여성이 표정을 살짝 풀고 고개를 천천히 끄덕였다.

"그렇게 말씀하실 줄 알았습니다. 애초에 굳이 제가 설명하지 않아도 누구나 같은 결론에 도달했을 거예요. 자신이 어떻게 죽었는지를 알아내는 것, 그거야말로 여기 모인 사람들의 유일한 존재 이유니까요."

"적어도 당신은 스스로 이 결론에 도달했다?"

"네. 그렇습니다."

"다른 사람들은 당신의 설명을 듣고 이해했다?"

"네. 이해가 빠르시네요."

"흐음…."

낮게 신음하며 다른 네 사람의 얼굴을 하나씩 확인했다. 누구 하나 대화에 끼어들지 않았지만 관심이 없어서인 것은 아닌 듯했다. 그들 모두 관찰자의 눈을 하고 있었으니까. 아마 경계하는 중이거나 뭔가 다른 것을 찾고 있음이 분명했다.

대강 둘러본 후 다시 메이드 의상을 입은 여성에게 시선을 고정했다.

"좋아요. 그럼 이제 슬슬 알려 주지 않겠습니까? 이미 어느 정도는 진상을 파악하고 있는 거죠? 그게 아니라면 여섯 번째, 즉 마지막 인물이 나타나리라 예견할 수 있을 리가 없죠. 나를 왜 기다렸습니까?"

그렇게 묻자 여성은 입을 다물었다. 다른 사람들도 서로 시선을 주고받았다.

서로서로 견제하는 분위기가 팽배한 가운데, 누군가가 입을 열었다.

"신문이야."

히프 색을 찬 중년 남성이 말했다.

"신문?"

"그래, 신문. 신문에 쓰여 있었지."

"그게 무슨 말이죠?"

"서양식 저택에서 여섯 명이 죽었음을 암시하는 듯한 기사가 실려 있었어."

"아, 미안합니다. 그걸 묻는 게 아니었어요. 무인도에 신문이 있다는 것 자체에 의문이 생겨서요."

"아아, 그건 말이지. 있잖아, 그거…."

적당한 말이 떠오르지 않았는지 중년 남성이 머뭇거렸다.

그러자 메이드 의상을 입은 여성이 이어서 말하기 시작했다.

"공통 인식입니다. 여기에는 우리가 죽은 장소가 충실하게 재현되어 있어요. 그래서 무인도인데도 모든 인프라를 누릴 수 있죠. 전기나 가스, 수도는 물론이고 식료품이나 신문도 배달됩니다."

"배달된다니 누군가가 갖다주는 겁니까?"

"아니에요. 아침이 되면 식료품이 냉장고에 날마다 새롭게 채워집니다. 신문은 바깥에 있는 우편함으로 배달…

이랄까, 정확히는 '생겨나'고요."

중년 남성이 다시 말을 이어받았다.

"그래, 그래. 그런 거야. 새벽에 배달된다고. 오늘 아침에는 말이야, 내가 우편함까지 신문을 가지러 갔었거든? 그랬더니 그 바로 다음에 당신이 찾아온 거야. 덕분에 황급히 현관까지 되돌아갔다고. 참고로 신문은 이거야."

그 손에는 길쭉하게 접힌 얇은 갱지가 쥐어져 있었다.

"그래서 그 신문에는 대체 어떤 내용이 실려 있습니까?"

"서양식 저택에서 여섯 명이 죽었다는 것을 암시하는 듯한 기사랄까?"

"그 말은 좀 전에도 들었습니다. 더 구체적인 내용을 알려 주세요."

"구체적이라. 아직 오늘 자 신문을 읽지 못해서 어제까지의 내용만 정리해 보자면… 어떤 부잣집, 아마 이 저택이겠지, 그곳에서 파티가 열렸어. 참석자는 여섯 명이고. 그리고 파티 다음 날 저택에서 목이 베인 시체가 계속해서 발견되었지. 그런 느낌이야."

"저택에서 여섯 명이 죽었다는 것을 암시하는 느낌이네요."

"그래서 말했잖아."

그런 대화를 하고 있는데, 위쪽에서 목소리가 들렸다.

"설명이 너무 엉성하다는 생각 안 들어?"

레게 머리를 한 남성이 2층 난간에 기대 서서 질문 아닌 질문을 했다.

가볍게 고갯짓으로 인사를 나누고 그 말의 진의를 물어봤다.

"무슨 의미입니까?"

"시체가 발견된 장소에는 흉기로 보이는 칼이 떨어져 있었어. 게다가 저택 문은 전부 잠겨 있었고."

그 말을 듣고 좀 전에 그들이 왜 탐색하는 듯한 시선으로 이쪽을 쳐다봤는지 이해할 수 있었다.

"과연. 현장은 밀실이었다? 결국 이 안에 범인이 있다고 생각하는 거군요. 단순 살인이 아니라 동반 자살을 꾀한 범인이 있다고."

"그런 거야."

"게다가 나를 의심한다?"

"그야 당연하지. 어제까지 확인한 바, 우리 다섯은 모두 누군가에게 베인 기억이 있다는 사실을 서로 확인했다고. 그렇게 되면 남은 한 명을 의심하지 않겠어?"

"하아… 뭐 그래요. 그 기분을 이해하지 못하는 건 아

25

닙니다."

"그래서 뭐야. 죽였어?"

상당히 불량해 보이는 말투. 불량해 보이는 것은 말투 뿐만 아니었다. 외모도 마찬가지였다. 헤어스타일은 말할 것도 없었고 금 목걸이를 찬 채 자색 고구마 색상의 셔츠를 입고는 앞섶을 풀어 헤친 차림이었다. 나이는 30대 중반이나 될까. 젊은 사람이라면 모르겠지만 그 나이대에 이런 패션을 한 사람치고 건실하기가 쉽지 않다. 적어도 회사원은 아닐 것이다.

"기대에 어긋나서 유감스럽지만 저 역시 베인 기억밖에 없거든요. 누굴 벤 기억은 전혀 없어요."

"글쎄. 말 잘하는 놈은 거짓말도 잘한다던데."

"이 상황에서 거짓말을 해서 저한테 득될 게 전혀 없는데요."

그렇게 대답하자 계단 부근에 있던 드레스 차림의 여성이 이쪽으로 다가왔다.

"우리 짐작이 빗나간 게 아닐까요? 역시 외부 범행의 가능성도 의심해야 할 것 같아요."

주위 사람들에게 하는 말이었다. 이들이 어디까지 말을 맞췄는지 모르겠으나 좀 전에 불량해 보이는 남성이 입을 떼면서 자유로운 발언이 가능해진 것으로 보였다.

드레스 차림을 한 여성의 말에 불량해 보이는 남성이 말꼬리를 물고 늘어졌다.

"내 부인의 소행이라는 설이 유력하잖아."

"그렇다고 해도 이 사람은 범인이 아니에요. 전 확신해요."

이유는 모르겠지만 이쪽을 옹호해 줬으므로 그에 대한 고마움을 전했다.

"고마워. 덕분에 살인자 신세는 면했군."

"신경 쓰지 말아요. 느낀 걸 말했을 뿐이니까."

한 손을 우아하게 저으며 여성이 말했다. 멀리서 볼 때는 몰랐는데 꽤 젊어 보였다. 아마 10대 후반 정도. 입고 있는 드레스도 모카 핑크색 플레어 원피스에 흰색 레이스 볼레로를 코디한 모습으로, 더할 나위 없이 생기발랄했다.

"그런데 어째서 내가 범인이 아니라고 확신하지?"

"잘생겨서요."

"뭐?"

"미남은 사람을 죽이지 않아요."

젊은이치고 말투와 말의 내용이 어딘가 어른스러웠다. 아니, 외려 어딘지 모르게 시대에 뒤떨어진 느낌도 든다.

"외모와 살인이 관련 있느냐 없느냐는 둘째 치고 내가

잘생겼다고? 미안, 내 얼굴과 나이도 기억나지 않아서 긍정도 겸손도 못 하겠네."

"거울을 보세요. 나이는 아마 서른 정도이려나? 홀딱 반할 정도로 멋진 얼굴이에요. 마치 배우 같아요."

"아, 그렇구나. 알겠어. 나중에 거울을 볼게…."

이걸로 네 사람과 말을 주고받았다. 이제 남은 건 구석에서 똑바로 서 있는 한 사람뿐. 아무리 봐도 상대 쪽에서 먼저 말을 걸어올 기색은 없어 보였다.

결국 궁금증을 못 참고 뭔가를 묻기 위해 내 쪽에서 말을 걸기로 했다. 그때 히프 색을 찬 중년 남성이 손뼉을 한 번 크게 쳤다.

"자, 여섯 번째 인물이 나타나도 결국은 범인을 알 수 없었습니다. 그러니 일단은 사이좋게 지냅시다. 먼저 자기소개라도 해 보는 게 어떨까요?"

갑작스러운 전개에 당황한 다른 네 사람이 애매한 표정을 지었다.

그런 분위기를 알아차린 중년 남성이 내 쪽을 보며 무슨 이유에서인지 주먹을 불끈 쥐어 보였다.

"나한테 맡겨 둬."

"네? 뭘요?"

그는 질문에는 대답하지 않고 메이드 의상을 입은 여성을 손으로 가리켰다.

"먼저 저 여자분은 메이드야."

아무래도 한 사람씩 소개해 줄 모양이다.

"메이드라는 건 보면 알아요. 누가 봐도 메이드 유니폼을 입고 있잖아요."

"아니야. 직업을 말하는 게 아니라 호칭 이야기를 하는 거라고. 우리 모두 자기 이름도 모르잖아? 그래서 일단 서로 별명으로 부르고 있거든. 그래서 여기 이분 별명은 메이드 씨."

"옷차림과 별명이 똑같네요."

중년 남성이 소개를 마치자 메이드가 정중하게 다시 인사했다.

"메이드입니다. 저도 여러분과 마찬가지로 기억이 없어요. 다만 생전에 이곳에서 일한 모양인지 저택의 방 배치나 시설 사용법을 이해하고 있어요. 모르는 게 있다면 무엇이든 물어보세요. 잘 부탁합니다."

"저야말로 잘 부탁합니다."

인사를 끝까지 지켜본 중년 남성이 이번에는 젊은 여성을 가리켰다.

"다음은 여기 이분. 별명은 아가씨야."

"아가씨? 그걸 별명이라고 할 수 있나요?"

"왜? 나름 '씨'를 붙였잖아."

아가씨는 고개를 비스듬히 기울이며 인사했다.

"사이좋게 지내요. 잘 부탁해요."

그러고는 손가락을 살랑살랑 흔들었다. 나도 똑같이 손
가락을 살랑살랑 흔들며 인사했다.

중년 남성이 2층을 가리켰다.

"저 남자는 조폭 씨."

"조, 조폭 씨? 조직폭력배예요?"

그렇게 말하자 불량하게 보이는 남성, 즉 조폭이 왼손을
펴며 앞으로 내밀었다.

"새끼손가락이 없거든. 진짜 조폭인지 아닌지는 나도
몰라. 아무래도 별명이 좀 그렇지? 현세였다면 진짜 다쳐
서 손가락 잃은 녀석한테 비난받을 만한 별명이야."

"그러게요. 괜히 편견만 불러일으키겠어요."

대체 그럼 이 남자를 뭐라 부르면 좋단 말인가. 조폭이
라고 부르면 화낼 것 같았다.

그 고민을 헤아렸는지 중년 남성이 웃으며 이야기에 끼
어들었다.

"조폭 씨는 말은 그렇게 해도 별명 자체는 받아들였어. 어지간한 일로는 좀처럼 화도 잘 안 내. 보기와는 다르게 마음씨가 착하거든. 글쎄 어제는 정원의 꽃에 말을 걸더라니까?"

그러자 홀 안에 화난 목소리가 울려 퍼졌다.

"쓸데없는 소리 하지 말라고!"

아무래도 불안해 중년 남성에게 확인하듯 다시 물었다.

"어지간한 일로는 화내지 않는다면서요?"

"괜찮아, 괜찮아."

그는 그렇게 말하고는 작은 동물처럼 종종거리며 구석에 서 있는 인물을 향해 걸어갔다.

"이 사람은 요리사 씨."

요리사라고 불린 남성은 입을 다문 채 머리를 깊이 숙였다. 별명대로 흰색 요리사복을 입고 높은 주방장 모자를 쓴 남성. 나이는 30대 전후쯤 돼 보였고 전체적으로 지나치게 착실해 보이는 분위기가 감돌았다.

그래서 말을 걸어 보기로 했다.

"저 요리사 씨, 물어보고 싶은 게 있는데요."

요리사가 이상하다는 듯 눈을 부릅떴다.

"뭡니까?"

"그 요리사복은 이 세계에 도착했을 때에도 입고 있었습니까?"

"그렇죠. 해변에서 정신을 차렸을 때부터 입고 있었습니다."

"유리한 점도 있군요."

"유리하다니요?"

당연히 한 번에 알아들을 리 만무했다. 그래서 이렇게 덧붙였다.

"맞아요, 유리해요. 그런 요리사 모자를 쓰면 기억을 잃어도 자신의 직업과 특기를 알 수 있잖아요? 요리사죠?"

그렇게 한 번 더 묻자 순간 분위기가 묘해졌다. 이상하다 싶어 주위로 시선을 돌리니, 무슨 이유에서인지 모두 사뭇 진지해져 못마땅한 얼굴을 했다.

"어? 왜요? 다들 왜 그래요?"

그렇게 중얼거리자 요리사가 대답했다.

"말씀하신 대로 전 요리사라고 생각합니다. 이 요리사복에 긍지를 느껴요."

호탕하게 웃는 표정이었다.

"믿음직스럽군요. 그럼 요리사 씨도 메이드 씨와 마찬가지로 생전에 이 저택에서 일했다는 뜻이겠네요. 어떻게 생각하세요?"

"글쎄요… 모르겠습니다."

"그렇구나. 그럼 파티 때 잠깐 불려 온 전문 요리사일
수도 있겠네."

그런 식으로 지금까지 얻은 정보를 소리 내 정리했다.

일단 요리사 이야기는 이 정도면 되겠지. 그렇게 생각하
고 '이젠 당신 차례예요'라는 듯한 눈빛을 중년 남성에게
보냈다. 중년 남성이 다시 한번 크게 손뼉을 쳤다.

"자자, 소개는 이 정도로 할까?"

"잠깐만요, 당신은요?"

"맞다, 내 소개를 아직 안 했지. 깜박했네."

그는 상당히 천진한 사람인 듯했다.

"내 별명은 파우치. 늘 히프 색을 차고 있어서 파우치
야. 나이는 마흔을 넘겼을 테니까 이중에서는 가장 연장
자지. 하지만 당신을 제외한 다섯 명 중에서는 가장 신입
이고 어제 아침에 저택에 막 도착했어. 아직 이곳에 익숙
하지 않아서 미덥지 못하겠지만 잘 부탁해."

"온 지 얼마 안 됐다고요? 제일 오래돼 보이는데요."

"그렇지 않아. 엄청 긴장하고 있다고."

파우치는 긴장감이라고는 전혀 느껴지지 않는 얼굴로

그렇게 말했다. 그러고는 또 한 번 손뼉을 쳤다.

"자자, 다음은 당신 별명을 정해야 해. 특별히 하고 싶은 게 있으려나?"

"하고 싶은 거라⋯."

이럴 줄 알았다. 물론 알았다고 해서 적당한 별명이 머릿속에 번쩍 떠오르는 건 아니다. 다른 사람들은 외모의 특징적인 부분으로 별명을 만들었다. 그걸 따르는 게 가장 좋겠지만 지금 이 모습은 딱히 특징이랄 게 없었다.

잠시 생각에 잠겨 있는데 파우치가 거들며 나섰다.

"보이는 그대로가 좋겠지?"

"음, 그렇겠죠."

"그러면 맨발에 가죽 구두 어때?"

"아니 왜 그렇게 되나요?"

"맨발에 가죽 구두를 신는 경우가 드물잖아. 아주 특징 있어."

"아무리 그래도 별명에 조사가 들어가다니 이상하잖아요."

"그렇다면 맨발 가죽 구두?"

"그런 문제가 아니라고요."

이 사람은 안 되겠다 싶어 다른 사람의 제안을 기다렸다.

"꽃미남이 좋지 않을까요?"

그렇게 말한 사람은 아가씨였다.

"꽃미남이라. 아무래도 그건 좀 부끄러운데….'

"하지만 정말로 꽃미남이에요."

"아직 내 얼굴을 못 봐서 뭐라 말을 못 하겠는걸….'

그렇게 받아치자 조폭이 끼어들었다.

"그럼 수염이 낫지 않아? 수염 기른 건 알고 있지?"

"네, 뭐….'

"수염 기른 사람이 또 있는 것도 아니고, 딱 좋잖아."

"으음."

나는 수염 난 턱을 쓰다듬으며 낮게 신음했다.

그러자 파우치가 카메라앵글을 정하듯이 손가락으로 네모난 프레임을 만들고 그 프레임을 통해 이쪽을 바라봤다.

"수염 씨라고 하면 이름처럼 느껴지지 않으니까 '수염남'은 어때? 잘 어울릴 것 같아."

"수염남? 뭔가 바보 같지 않아요?"

그러자 이번엔 메이드가 상황을 정리하듯 이렇게 말했다.

"그렇다면 수염남 님으로 괜찮겠지요?"

"네? 그걸로 결정 난 겁니까?"

곧바로 사정해 봤지만 아무도 들어주지 않았다.

파우치, 조폭, 아가씨, 요리사가 고개를 힘차게 끄덕였다.

메이드는 양손을 배 앞으로 모으며 천천히 걸어 나왔다.

"다시 인사드리겠습니다. 수염남 님, 닫힌 천국에 오신 것을 환영합니다."

나는 어깨를 움츠리며 용의자들에게 고개 숙여 인사했다.

둘. 팁

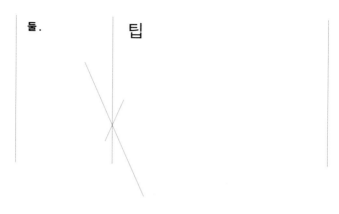

사건이 드러난 날은 2019년 7월 20일 오전이었다.

예년과 마찬가지로 최고기온이 30도를 웃도는 날이 전국적으로 지속되었는데, 이날은 아직 장마전선이 혼슈本州에 머물러 있었다. 게다가 동해를 북상 중인 태풍 5호의 영향으로 며칠 전부터 열도에는 습한 공기가 대량으로 흘러 들어왔다. 그 때문에 태평양 연안에서는 18일 낮부터 19일 밤에 걸쳐서 세찬 비가 계속 내렸다. 사건이 벌어진 시즈오카현 X시 또한 사건 제보 당시 현장 부근이 비에 잠겨 있었다고 한다.

어디까지나 가정에 지나지 않지만, 그 비만 아니었어도 사건이 이렇게까지 처참하지는 않았을 것이다. 피해자 대부분이 커택에 사는 사람이 아닌 초대받은 손님이었기 때문이다.

범행이 일어난 것으로 추정되는 19일 밤, 그들이 그 커택에 머문 이유는 비가 그치기를 기다렸기 때문으로 보인다. 범행 현장인 서양식 2층 목조 커택, 통칭 '천국 커택'은 앞서 말한 대로 X시에서도 시내 중심부로부터 멀리 떨어진 곳에 있었다. 지하철역까지 자동차로 30분이나 걸리는 데다 사건 당일에는 인근에서 산사태까지 일어나 피해자들은 어쩔 수 없이 그곳에 발이 묶였으리라 추정된다.

물론 아직까지 피해자 천원의 신원이 밝혀지지는 않았으므로 단정 지어 말할 수는 없다. 만약 손님들이 가까운 곳에서 왔다면 커택을 떠날 수도 있었을 것이다. 하지만 천국 커택 주변의 환경을 아는 이라면 그럴 가능성이 매우 낮다는 사실을 알고 있으리라.

천국 커택은 해안에서 도보로 십 분 정도 떨어진 곳에 있다. 주변에도 집이 여러 채 있기는 하지만 대부분이 별장 또는 휴양소로 이용되었으므로 오봉ぉ盆(음력 7월 15일. 우리나라의 추석과 비슷한 일본 명절-옮긴이) 때라면 몰라도 장마가 물러나기 천인 이 시기에 사람이 있을 리도 만무했다. 최초 발견자인 주문 배달 음식첨 주인이 커택을 찾지 않았더라면 분명 사건은 한참 후에나 드러났을 것이다.

20일 오전, 음식점 주인은 그릇을 회수하러 커택을 찾았다. 커택 소유주인 구니사와 아키오의 아들 구니사와 하루토에게 주문을 받아 컨날 19일 낮에 요리 6인분을 배달했기 때문이다.

천국 커택에는 구니사와 부자와 가정부가 살고 있었다. 집주인인 구니사와 아키오는 25년 컨에 이혼한 후 쭉 독신으로 지냈으므로 세 사람은 오랫동안 함께 생활해 온 셈이다. 그러나 사건 당시 아키오는 집에 없었다고 한다.

음식점 주인이 주문받았을 때의 상황을 되돌아 보겠다.

"18일 아침에 하루토 씨가 컨화했습니다. 다음 날 축하 파티를 여니 요리 6인분을 준비해 달라며 메뉴는 알아서 하라고 했지요. 하지만 그분의 아버지인 아키오 씨가 당뇨를 앓는 데다 입맛이 꽤 까다로운 편이라 만일을 위해서 커당 메뉴로 할지 확인했습니다. 그랬더니 아버지는 안 계시니 최대한 호화롭게 만들어 달라더군요."

구니사와 일가는 그 음식점을 자주 이용했다. 평소 식사는 컨부 가정부가 준비했다고 하는데 손님이 많을 때는 따로 주문하기도 했다고 한다.

그러나 이날 주문은 집주인의 부재를 감안하더라도 어딘가 석연치 않은 컴이 있었다.

"평소라면 일주일 컨에는 예약했습니다. 그런데 하루 컨날에 예약했잖아요? 저로서도 날씨가 궂어질 걸 알았기 때문에 다른 손님이었으면 거절했을 겁니다. 구니사와 씨니까 주문을 받은 거예요."

석연치 않은 점은 그뿐만이 아니었다. 평소라면 그런 집안 잡무 같은 건 가정부가 처리했을 터, 아들인 하루토가 직접 주문 전화를 건 것은 처음 있는 일이었다.

그렇다고 해서 가정부까지 부재중이었다는 것은 아니다. 19일 오후 2시 무렵 음식을 저택에 가지고 갔을 때 음식점 주인이 그녀의 모습을 목격했다. 그런 까닭으로 가정부도 사건에 휘말렸을 가능성이 높다. '휘말렸다'는 말에 어떤 의미가 있는지 여기에서는 따로 언급하지 않겠다. 앞서 설명한 대로 아직 피해자를 특정하지 못했다.

이튿날인 20일. 오전 6시에 비가 그쳤다. 한 치 앞을 예측할 수 없는 날씨였으므로 애당초 비가 그치는 대로 그릇을 회수하러 가기로 했다. 다만 아무래도 오전 6시는 너무 이르다 싶어 음식점 주인은 8시가 지나기를 기다렸다 확인 전화를 걸었고, 그때 역시 전화를 받은 사람은 없었다고 한다. 그래도 그는 음식점을 나와 저택으로 향했다. 경험상 현관 앞에 그릇을 내놓았을 거라고 생각했다. 그 예상은 보기 좋게 빗나가고 말았지만.

그리고 오전 9시. 음식점 주인이 천국 저택에 도착했다.

천국 거택. 다시 한번 말하지만 바닷가 별장 지역에 위치한 이 거택은 주위에 있는 다른 호화 거택들 사이에서도 존재감이 뚜렷했다. 경제 호황으로 세컨드 하우스가 유행하던 1987년에 지은 거택. 하지만 다른 거택과는 달리 본격적으로 영국식 건축 양식을 기용했다. 집주인 구니사와 아키오가 고집하기도 해서 애초에 영국인 건축가가 설계를 담당했다. 고딕과 모던 양식이 융합된 19세기 빅토리아 시대의 건물을 모티프로 삼았다. 자료에 따르면 지붕에는 얇게 깎은 천연석, 외벽에는 삼나무 물막이판을 사용했으며 외관은 주위의 나무와 조화를 이뤄 가볍고 상쾌한 느낌을 유지했다. 그에 비해 내부 인테리어는 마호가니와 월넛 등 구하기 어려우면서도 중후한 분위기를 자아내는 자재를 사용해 바닥의 붉은 카펫과 함께 우아한 느낌을 연출했다. 2차 세계대전이 일어나기 전이라면 몰라도 현대에서 이렇게까지 영국식 전통을 따른 건축물은 거의 없다. 진부한 표현이기는 하지만 엄청나게 사치를 부린 서양식 거택이라고 할 수 있겠다.

거택을 지을 당시 구니사와 아키오의 나이가 서른아홉. 당시 일본 경제가 좋았다는 걸 감안해도 그토록 젊은 나이에 이 정도의 거택을 소유하는 경우는 보기 드물었다. 한마디로 그는 성공한 사람이었다. 시즈오카현 X시 출신으로 어업을 생업으로 하는 아버지 밑에서 자란 그는 어릴 때부터 신문을 배달했다고 한다. 그 경험이 계기가 되어 신문이라는 미디어에 관심을 가졌다며 본인 입으로 인터뷰한 적도 있다. 그 후 장학제도를 이용해 대학을 졸업하고 메이커 신문사 지국에 기자로 입사했다. 일찍이 두각을 나타내 스물다섯에 도쿄 본사로 이동. 이 기사의 취지에서 현저히 벗어나기 때문에 자세한 내용은 생략하겠지만 그는 기자로 활동하던 시절, 여러 가지 특종을 발표한 바 있다. 담당 기자의 이름이 기재되지 않은 기사가 대부분인 탓에 구니사와라는 이름 자체는 모르는 사람이 많을 수도 있는데, 그가 담당한 특종기사만큼은 누구나 알 것이다. 또 그러한 실적을 가지고 스물아홉에 독립해 자유 기고가로서 4년 동안 활동한 후 1981년 서른셋이라는 젊은 나이에 고향인 시즈오카 현 X시에 회사를 설립한다. 바로 천국 저택이라는 이름의 유래가 된 '아마쿠니天国(8세기경에 활동한 일본의 전설적인 도공의 이름. 천국의 한 자를 아마쿠니라고 발음한다-옮긴이) 신문사'다.

아마쿠니 신문사가 발행하는 《아마쿠니 뉴스》는 표면상으로는 시즈오카의 지방신문 정도로 취급되었지만 기사 내용은 지역을 가리지 않았다. 또한 독자적인 정보망을 활용해 충격적인 특종기사를 자주 터뜨렸다. 그런 화제성 때문에 《아마쿠니 뉴스》는 고작 몇 년 만에 발행 부수 30만 부를 넘긴 신문으로 성장할 수 있었다. 새로 뛰어든 미디어로서는 이례적인 숫자다.

이러한 까닭으로 구니사와 아키오를 지역 명사라고 부르는 사람들도 많았다. 더 나아가서는 천국 저택을 관광 명소로 취급하는 분위기가 생겨나 저택을 에워싼 넓은 정원이 일반인에게 공개되기도 했다. 천국 저택 부지에 담장이 설치되지 않은 것도 그런 까닭에서다. 물론 처음에는 설치할 예정이었지만 사람들에게 주목받고 있다는 점을 헤아린 아키오가 좀 더 많은 사람이 감상했으면 좋겠다고 생각해서 현재의 모습으로 자리 잡았다고 한다.

그러면 다시 20일 오전 9시의 이야기로 되돌아가 보겠다.

비가 내린 뒤이기는 했으나 빈틈없이 깔린 자갈 덕분에 천국 저택 주변에는 흙탕물이 많지 않았다. 음식점 주인은 평소처럼 경차를 탄 그대로 현관 앞까지 가서 문 앞에 내렸다. 그런데 그릇이 없었다. 하는 수 없이 초인종을 누르고 구니사와 하루토의 이름을 불러 봤지만 대답이 전혀 없었다고 한다.

다만 평소 그들 일가의 행실로 보아 그릇을 반납할 준비도 하지 않고 외출했다고 생각하기는 어려웠다. 음식점 주인은 '별일이네'라고 생각하며 창문으로 집 안을 볼 수 있지 않을까 싶어 저택 둘레를 돌기로 했다. 그렇게 해서 현관 왼쪽에 있는 응접실에 누군가가 드러누워 있는 모습을 발견하게 된다.

그 응접실에는 정원과 이어지는 유리문이 있는데, 바로 그 유리문을 통해 안을 들여다볼 수 있었다. 하지만 발견 당시에는 외부의 밝기에 비해 실내조명이 너무 약해서 어렴풋하게만 모습을 볼 수 있었다고 한다.

"빨간 옷을 입은 사람이 소파에 드러누워 있었습니다. 얼굴은 안 보였고요. 일단 사람이 있다는 걸 알았기에 유리문을 두드렸죠. 하지만 아무리 두드려도 꿈쩍도 하지 않는 거예요. 정신을 잃은 건가 싶어서 구급차를 불렀습니다."

소방 센터에 신고가 들어온 시각은 오전 9시 21분. 즉시 구급차 출동을 요청했다. 그러나 전날에 발생한 산사태로 출동부터 도착까지 시간이 크게 지연되었다. 구급대원 세 사람이 현장에 도착한 시각은 11시쯤. 음식점 주인은 그동안 더위를 피하려고 차 안에서 대기했다고 한다.

현장에 도착한 구급대원 세 사람 중 두 사람이 음식점 주인의 안내에 따라 응접실을 확인하고 앞에서 증언한 대로의 모습을 본다. 그 후 집 안으로 진입할 방법을 모색하기 위해서 저택의 문과 창문을 조사해 봤지만 전부 잠겨 있었으므로 어쩔 수 없이 응접실 유리문을 부수고 구출하게 되었다.

비로소 그때 처음으로 천국 저택에서 사람이 죽었다는 사실이 드러났다.

"끔찍한 광경이었습니다."

구급대원 중 한 사람이 그렇게 말했다.

"소파 위 피해자는 빨간 옷을 입은 게 아니었어요. 원래는 흰 옷이었는데 그게 목에서 흘러나온 피 때문에 붉게 물든 겁니다. 상태를 확인할 것까지도 없이 한눈에 죽었다는 걸 알 수 있었습니다. 아무튼 목의 상처가 경추까지 나 있었으니까요. 그야말로 목이 굴러떨어질 듯한 상태였습니다. 그에 비하면 바닥 위에 누워 있던 희생자의 상처는 오히려 얕았습니다. 그렇기는 해도 그쪽 역시 목을 다쳤고, 피를 대량으로 흘린 탓에 역시 죽은 것은 확실했습니다."

그렇다. 응접실에는 시체 두 구가 있었다. 둘 다 성인 남성이었는데 한 명은 소파 위, 다른 한 명은 소파 아래쪽에서 위를 보며 쓰러져 있었다. 정확한 사인은 검사 결과를 기다려야겠지만 혈액응고와 근육수축 상태로 보아 산 채로 목을 베였을 가능성이 높았다.

"이건 더 이상 구급 안건이 아니라서 곧바로 경찰에 연락했습니다. 그리고 최대한 현장을 보존하기 위해서 시체도 건드리지 않고 밖에서 기다리기로 했어요."

이때 음식점 주인은 그릇 회수를 포기하고 가게로 돌아갔다. 두 시간이나 발이 묶인 데다 살인 사건에 얽히고 싶지 않다며 구급대원들에게 사정한 것이다. 구급대원들이 보기에도 최종적으로 시체를 확인한 자신들만 있으면 된다고 생각했기에 음식점 주인을 돌려보냈다. 후술하겠지만 이 사소한 판단이 세 번째 희생자의 발견을 더디게 만들었다.

정오가 지나 12시 30분에 경찰이 도착했다. 구급차와 마찬가지로 산사태 때문에 도착까지 시간이 매우 오래 걸렸다. 경찰은 신속하게 현장을 검증하고 구급대원들에게 사정 청취를 했다.

문이 잠긴 커택 안에서 발견된 남성 시체 두 구. 둘 다 목이 베이고 피가 흘러나와 있었는데, 각각 베인 방식이 달랐다. 또한 바닥에 드러누운 시체 옆에는 커다란 칼이 떨어져 있었다.

여기에서 오해가 생긴다. 구급대원들이 사정 청취에서 음식점 주인에 관한 이야기를 자세히 알리지 않은 탓에 사건은 아무도 없는 상황에서 일어난 것으로 처리되었다. 즉 남성 두 명의 동반 자살이라는 선에서 수사가 시작되고 만 것이다. 커택의 넓이도 수사 방향을 잘못 잡는 데 한몫했다. 경찰이 한동안 응접실만 공들여서 조사한 것이다.

오후 3시가 지나서야 겨우 다른 방의 수사가 시작되었고 마침내 세 번째 희생자가 발견되기에 이른다. 커택 한가운데에 있는 대계단 밑에 위치하는 복도, 그 앞에 있는 거실에서 목이 베인 여성의 시체가 발견된 것이다.

이때 수사관 사이에 긴장감이 감돌았다고 한다. 고풍스러운 서양식 저택이라는 무대. 끔찍한 상태의 시체. 이는 영화가 아니었다. 수사관들은 동시에 대량 연쇄살인 사건일 가능성을 떠올렸고, 안 좋은 예감은 보기 좋게 들어맞았다.

계속해서 진행된 수색으로 2층에 있는 여러 객실에서 목이 베인 시체가 잇달아 세 구나 발견되었다.

_《매시신문》 2019년 7월 20일 오후 8시 호

포로들

바이크 소리에 눈을 떴다.

괘종시계 바늘이 6시를 가리키고 있다. 생각해 보니 어제도 이 시간쯤, 즉 이 세계에 왔을 때 바이크 소리가 났다. 그 모습을 보지는 못 했지만 어쩌면 우리 여섯 외에 다른 누군가가 있는 게 아닐까?

그렇게 생각하며 나는 침대에서 일어나 창가로 다가갔다.

붉은 자카르 벨벳 커튼을 걷자 눈부신 아침 햇살이 쏟아져 들어왔다. 아무래도 이 창문은 동향으로 나 있는 모양이다. 그에 반해 바이크 소리는 남쪽인 현관 쪽에서 울렸다. 양 여닫이 창문을 열고 그쪽을 내려다봤다. 그러나 사각지대인지 누구의 모습도 보이지 않았다. 소리는 곧 나무들 사이로 스며들며 사라졌다.

그러자 이번에는 누군가가 방문을 똑똑 두드리는 소리가 났다. 당황해서 창문을 닫고 대답했다.

"…네, 누구십니까?"

"수염남 님, 안녕히 주무셨습니까? 아침 식사를 준비해놓았습니다."

문 너머로 메이드의 목소리가 들려왔다.

"아 네, 바로 가겠습니다."

"알겠습니다."

발소리가 점점 희미해져 갔다.

나는 침대에 걸터앉아 고개를 숙였다. 그러고는 깊은 한숨을 쉬었다.

"…대체 이 상황은 뭐야."

살인귀가 숨어 있을지도 모르는 저택. 진상을 파헤쳐야 벗어날 수 있는 세계. 그건 백번 양보한다고 치자. 아니, 한 백만 번쯤 양보한다고 치자. 아무리 그래도 이런 대접은 이해할 수 없다. 어제도 음식을 차려 주고 목욕을 권하며 개인용 방을 준비해 줬다. 마치 고급 호텔에 머무는 기분이다. 그러나 메이드 또한 용의자 중 한 명이다.

다시 한번 한숨을 쉬었다.

"고민한다고 별수 있나…."

어쨌든 간에 앞으로 할 일은 하나뿐이다.

정신을 다잡고 일어나 전신 거울을 보며 옷차림을 단정히 했다. 어제부터 내내 똑같은 옷을 입고 있다. 이 세계에선 각자 한 벌씩밖에 옷이 없는 듯했다. 다행히 옷이 더러워지는 일은 없고, 일시적으로 더러워지더라도 정신을 차려 보면 원래대로 돌아와 있다고 한다.

더러워지지 않는 것은 옷뿐만이 아니다. 이 몸도 마찬가지다. 땀을 흘리거나 용변을 보는 등의 생리 현상은 있지만 그러한 행위는 정신 건강상의 이유로 생전의 루틴을 따른 것뿐이다. 참고로 수염도 자라지 않는 것 같다. 명색이 '수염남'인데도.

냉장고에는 날마다 똑같은 식재료가 동일한 양만큼 채워진다. 티슈나 비누 등도 마찬가지. 휴지통은 제멋대로 비워진다. 깨진 그릇도 정신을 차려 보면 원래대로 돌아와 있다. 이 세계는 변화를 거부하는 것 같다. 당장은 확인할 수 없고 확인하고 싶지도 않지만 아마 아무리 시간이 흐르더라도 나이가 드는 일조차 없을 것이다. 말하자면 영원한 감옥이다.

이곳에서 벗어나려면 범인을 찾아내는 방법밖에 없다.

거울을 가만히 바라봤다. 촛대형 벽등이 비치는 게 보인다. 이곳은 살해당한 장소가 분명하다. 방까지 데려다준 사람은 메이드였으나 이 방이 살해 현장이라는 사실을 그녀가 알았을 것 같지는 않다. 우연히 빈방이었다. 나도 위화감을 느끼지 않고 방에 들어왔으니까. 그랬는데 시간이 지나면서 운명을, 좀 더 정확하게 말하자면 필연을 느끼게 되었다.

기억이 돌아온 건 아니다. 여전히 기억은 없지만 아마 그건 천국까지 오는 도중에 잃어버린 것은 아닐 것이다. 머릿속 깊은 곳에 잠들어 있다고 표현하는 편이 자연스럽다. 게다가 그 잠든 기억은 공통의 규칙처럼 이 세계의 움직임에 영향을 준다. 아마도.

진상을 알아내려 해도 단서가 턱없이 부족하다고 생각했는데, 우연적으로 일어나는 필연 덕분으로 어떻게든 해볼 수 있을 것 같다. 그런데 그건 그렇다 치더라도,

"나 좀 멋지네…."

홀딱 반할 정도로 잘생긴 남자가 전신 거울에 비쳤다.

저택 한가운데 자리하는 2층까지 훤히 트인 계단 홀. 그

곳에는 여러 개의 문이 있다. 그중 현관에서 볼 때 정면에 있는 문. 그 너머가 식당이다. 그곳에 파우치와 아가씨가 있었다.

"어? 다른 사람들은요?"

내가 물어보자 한창 뭔가를 읽고 있던 파우치가 고개를 들었다.

"메이드 씨와 요리사 씨는 옆쪽 주방에 있어. 조폭 씨는 아직 안 왔고."

"그렇군요. 그런데 혹시 자기 자리가 정해져 있나요?"

식당에는 순백의 식탁보가 깔린 타원형 식탁이 있었다. 그 식탁 안쪽에 의자 세 개가 나란히 있었고 세 개 중 가운데 의자에 아가씨가 앉았다. 그 맞은편에도 의자 세 개가 있었고 가운데 의자에 파우치가 앉았다. 다시 말해 네 귀퉁이 쪽에 있는 자리가 빈 상태였다.

"자리는 정해져 있지 않아요. 마음에 드는 자리에 앉으세요."

아가씨의 말에 나는 그녀의 왼쪽 자리에 앉았다.

"그럼 여기로 할까?"

"어머, 기분 좋네요. 내 옆자리를 선택해 주다니."

아가씨가 턱을 손으로 괴며 내게 윙크했다.

"딱히 네 옆이라서 고른 건 아니야. 주방에 가까운 두 자리는 메이드 씨와 요리사 씨를 위해 비워 두는 게 좋잖아. 입구에 가까운 자리는 조폭 씨를 위해서 비워 두는 게 낫고. 그렇게 되면 이 자리가 딱 알맞잖아."

내가 눈치 없이 그렇게 말하자 아가씨가 차가운 표정을 지었다.

"수염남 씨는 말하지 않는 게 좋지 않을까요?"

"뭐라고? 왜?"

"얼굴은 잘생겼는데 따지기 좋아해서 짜증 나요."

나도 모르게 기분을 상하게 한 모양이다. 아가씨는 팔짱을 끼고 고개를 휙 돌렸다. 조언에 따라 쓸데없는 말은 하지 않고 고개를 살짝 끄덕인 뒤 파우치를 봤다.

"파우치 씨, 지금 보는 건 오늘 신문인가요?"

"응, 맞아. 이미 다 봤지. 수염남 씨도 볼래?"

"네, 볼래요. 고맙습니다."

파우치가 내민 갱지를 받아서 곧바로 펼쳤다. 신문이라고 해도 서양식 저택에서 일어난 연쇄살인 사건에 관한 내용만 쓰여 있고 대부분이 여백이었다. 그리고 오른쪽 위에는 "매시신문"이라는 제목이, 위쪽 칸 바깥에는 "2019년 7월 20일 오후 8시 호"라는 날짜와 시간이 적혀 있었다.

기사를 읽는데 파우치가 천연덕스러운 태도로 말을 걸었다.

"수염남 씨는 신문을 다 읽었어?"

글자를 눈으로 좇으며 대꾸했다.

"네. 지난 신문은 다 훑어봤어요. 열흘 치 정도뿐이지만요."

"대단하네. 난 여기에 오고 난 후에 받은 신문만 읽었는데."

"그거면 충분해요. 어쨌든 필요한 정보는 최신판에 다나와 있으니까요."

어제 이곳 사람들과 첫 대면이 끝난 후 제일 먼저 한 일은 저택 주변을 산책하는 것이었다. 다른 사람들이 말한대로 이곳은 작은 무인도였다. 이를 확인한 후로는 대부분의 시간 동안 방에 틀어박혀서 신문을 읽었다.

매시每時신문. 그 이름에 걸맞게 한 시간마다 발행되는신문인 모양이다. 그러나 신문이 이 세계에 오는 것은 하루에 한 번, 새벽 6시 때뿐. 연쇄살인 사건에 관한 내용을다루는데 매 호에 거의 똑같은 내용의 기사가 실려 있다.지난 호와 달라진 점은 정보가 추가되었다는 것뿐. 가장오래된 '2019년 7월 20일 오전 9시 호'에는 음식점 주인이 쓰러진 사람을 발견했다는 부분까지 쓰여 있었다. 그에 반해 오늘 자 최신 호에는 시체가 여섯 구나 발견되었다는 내용까지 포함되어 있었다.

"…역시 시간이 흐르는 방식이 다른 건가?"

그렇게 말하며 신문을 식탁 위에 내려놓자 파우치와 아가씨가 입을 모아 물었다.

"무슨 말이에요?"

나는 식탁에 양 팔꿈치를 괴고 두 사람에게 방금 깨달은 사실을 말했다.

"신문의 날짜는 시간이 아무리 흘러도 7월 20일. 발행 시각을 보는 한 필자는 때맞춰서 사건을 좇고 발행 시간에 맞춰서 기사를 갱신해요. 하지만 천국에서 그 기사를 보는 건 이미 며칠이나 지난 뒤죠. 결국 현세의 한 시간은 천국에서의 하루에 해당하는 게 아닐까요?"

엉뚱한 발상이기는 하지만 이 세계라면 말이 되는 이야기다.

두 사람도 그렇게 생각했는지 곱씹듯 고개를 여러 번 끄덕였다.

"언젠가는 범인의 이름이 신문에 실릴까요…?"

아가씨가 혼잣말처럼 중얼거린 물음에 기어이 대답을

하고 말았다.

"그럴 가능성이 높지. 하지만 살인 사건을 수사하는 데 시간이 얼마나 걸릴까? 빨라도 며칠, 늦어진다면 몇 년일 텐데, 그 스물네 배나 되는 시간을 체감해야 한다고 생각하면 정신이 아찔해져. 게다가 범인의 이름이 밝혀진다고 해도 우리는 자기 이름조차 기억하지 못하니까 진상을 아는 게 무슨 소용인가 싶기도 해."

아가씨가 질린다는 듯한 표정을 지으며 입을 다물었다. 아마 속으로는 '성가신 사람이네'라고 생각하고 있으리라.

어색한 분위기를 떨쳐 내기 위해 기침을 하며 화제를 조금 바꿨다.

"그건 그렇고 이 글은 기사라기보다 르포르타주네요."

그러자 파우치가 진지한 얼굴로 되물었다.

"신문 기사와 르포르타주는 어떤 점이 다른데?"

"네? 새삼 그런 질문을 받으니 아무 생각도 안 나는데요…."

가벼운 잡담을 할 생각이었는데 난처해질 줄이야.

그런 상황에서 누군가의 목소리가 들려왔다. 그야말로 구원의 목소리.

"르포르타주는 프랑스어로 '현지 보고'라는 의미야."

목소리 주인공은 조폭이다. 이제 막 식당에 들어온 조폭이 내 맞은편 자리에 앉더니 다시 말을 이어 나갔다.

"보통 신문 기사는 어떠한 주장을 내포하기 마련이야. 신문사마다 기조랄까, 논조라는 게 있는 법이니까. 권력이나 사회악을 규탄하는 내용이 많지. 그에 반해 르포르타주는 객관성을 중시해. 참고로 신문에 르포르타주가 실리는 것 자체는 그렇게 희한한 일은 아니야."

"조폭 씨는 의외로 박식하군요."

"의외라니, 그런 실례되는 말을…."

어쩐지 말투에 패기가 없었다. 이를 헤아린 파우치가 걱정스러운 듯이 말을 걸었다.

"조폭 씨, 어디 안 좋은 데라도 있어?"

"몸 상태는 나쁘지 않은데 무서운 꿈을 꿨어."

"어떤 꿈인데?"

"창밖에 비가 억수같이 쏟아졌어. 그런 와중에 난 깜깜한 방에 혼자 있었고…."

다음 이야기를 기다렸으나 조폭의 입이 꿈적도 안 하기에 내가 물었다.

"그래서요?"

"그게 다인데?"

"어디가 무섭다는 거예요?"

"아니 왜? 무섭잖아! 억수로 쏟아지는 비와 어두운 방!"

조폭은 소심한 사람인 모양이다. 물론 본인에게 그런 말을 할 수는 없겠지만. 그에게 뭐라고 대답할지 생각하는데 옆방의 문이 열렸다.

"분위기가 좋은데 끼어들어 죄송합니다. 곧 식사 시간이라서요."

메이드가 배식 카트를 밀며 들어왔고, 그 뒤를 요리사가 따랐다. 그리고 식탁에 놓이는 접시들. 주위에서 희미하게 한숨 소리가 들렸다.

눈앞에 보이는 흰 접시에는 정체불명의 요리가 올라와 있다. 희미한 한숨 소리의 이유도 아마 이 때문이리라.

요리사가 등을 쭉 펴며 말했다.

"오늘의 아침 식사는 에그 베이컨입니다."

눈앞의 물체는 어떻게 봐도 에그 베이컨으로는 보이지 않았다. 둥글고 새카만, 녹은 플라스틱 같은 무언가처럼 보였다.

계속 이상하다는 생각은 들었다. 어제는 점심과 저녁 메뉴 모두 스테이크였는데 둘 다 꽤 탄 데다 간을 거의 하지 않았다. 그래도 최고급 소고기인 모양인지 그럭저럭 먹을 만했다. 그러나 오늘 아침의 달걀 요리는 상태가 심각해도 너무 심각하다.

"저 요리사 씨, 너무 오래 구운 거 아닌가요?"

"죄송합니다. 달걀 요리는 불 조절이 어려워서요…."

"그런가, 어려운가, 그런가…."

그렇게 중얼거리자 옆자리 아가씨도 작은 목소리로 뭐라고 투덜거렸다.

"왜 다루지도 못 하는 세르클을 사용하는 건지."

"뭐? 세르클?"

"요리에 사용하는 둥근 틀이에요. 달걀 프라이를 할 때 사용하기도 해요."

"어린데도 잘 아네."

"참고로 바구니에 담긴 바게트는 기성품이라 맛있어요."

메이드가 아가씨의 오른쪽 옆자리에 앉고 요리사가 파우치의 왼쪽 옆자리에 앉았다.

그렇게 해서 엄숙한 식사가 시작되었다.

아가씨가 말한 대로 식탁 가운데에 놓인 빵은 맛있었다. 그 빵 위에 에그 베이컨같이 생긴 것을 올려 위장에 흘려 넣었다. 다른 사람들도 같은 작업을 반복했다. 그러는 도중에 조폭이 부자연스러울 정도로 시원시원한 어조로 말하기 시작했다.

"맛있네. 요리사 씨, 오늘도 맛있어."

"아, 고맙습니다."

"아니, 감사 인사는 내가 해야지. 고마워. 자, 다들 열심히 드셔."

조폭도 무리하고 있는 것이리라. 본인 말과는 다르게 표정은 굳어 있었고, 무엇보다 열심히 먹으라고 말하고 말았다. 어제 파우치가 조폭을 두고 마음 착한 사람이라고 소개했는데 틀린 말이 아닌 듯했다.

천국 주민들의 됨됨이를 알게 되었다. 특히 요리사는 음식을 만드는 사람이라는 점에 물음표가 붙은 것이 큰 수확이었다. 이걸로 신문 내용이 어느 정도 타당한지 비교해 가며 확인할 수 있으리라.

나는 그렇게 생각하고 말을 꺼내기로 했다.

"저기요, 어제는 신문 내용을 파악하지 못해서 여러분과 별로 대화를 나누지 못했습니다. 지금부터라도 정보를 합쳐서 조정하면 어떨까요? 이렇게 모두가 한데 모이는 건 식사할 때 정도뿐이니 시기적으로도 딱 좋다고 생각하는데요."

모두가 묘한 표정을 지었다. 내 제안 때문인지, 요리의 맛 때문인지 알 수 없었지만 이야기를 계속해도 문제는 없어 보였다.

숨을 크게 들이쉬고 포크를 지휘봉처럼 휘둘렀다.

"먼저 이 저택은 신문에 나온 천국 저택이라고 봐도 되겠죠? 정원에 둘러싸인 2층 목조 저택, 본격적인 서양식 건물. 기사 내용과 일치합니다. 그 밖에도 객실이 여러 개 있는 2층, 남성 시체 두 구가 있었던 1층 현관 왼쪽의 응접실. 또 대계단 밑에 있는 복도를 지나면 나오는 거실까지. 아, 그 여성의 시체가 나왔다는 거실이요. 메이드 씨, 이 거실은 지금 메이드 씨가 사용하는 방과 같은 위치죠?"

"네, 사용인실이라고 봅니다."

"이렇게 이 저택은 천국 저택과 외관과 배치도 일치합니다. 분명 신문은 이곳에서 일어난 사건을 기록했을 겁니다. 다른 의견이 있나요?"

아무도 입을 열지 않았다. 하지만 요리사가 손을 슬쩍 들었다.

"요리사 씨, 말씀하세요."

본의 아니게 포크로 가리켜서인지 요리사가 소극적인 목소리로 말하기 시작했다.

"다른 의견이라고 할 정도는 아니지만, 신문 내용으로

보면 저택에는 요리사가 없었습니다. 하지만 저는 존재하지요….."

"확실히 신문 내용에 따르면 파티에 참석한 희생자 여섯 명 중 저택에 사는 사람은 집주인 아들과 가정부뿐입니다. 게다가 그날 요리는 이미 만들어진 것을 배달해 온 것뿐이라서 요리사가 낄 여지가 없어요. 현장을 처음 발견한 사람이 요리사이긴 하지만 그 인물은 살아 있죠. 그러니 정확히 알 수는 없지만 어떠한 이유로 요리사가 파티에 참석했다고 생각하는 게 타당하지 않을까요?"

애초에 요리사는 정말 요리를 만드는 사람이었던 걸까? 도무지 그렇게 생각되지 않았다.

"근데 파티에 요리사복을 입고 참석하나요?"

"그 점은 신경 쓰지 않아도 될 것 같아요. 우리도 고급 서양식 저택에 어울리는 외모는 아니거든요. 수염남과 조폭과 파우치잖아요?"

그렇게까지 말해도 요리사는 이해하지 못하는 모양이었다. 그런 그를 보고 조폭이 끼어들었다,

"이봐, 요리사 씨. 역시 이곳은 천국 저택이 아닐까? 딱히 댁의 요리사로서 자부심을 의심하는 건 아니야. 이곳의 상황과 신문 내용이 일치해. 무엇보다 사건의 내용이 실린

신문이 우리한테 오는 의미를 생각하면, 이곳을 천국 저택이라고 생각하는 게 맞지 않겠어?"

요리사는 이내 포기한 듯이 고개를 작게 끄덕였다.

"그, 그렇죠. 알겠습니다."

"오케이. 그럼 수염남, 이야기를 계속해."

조폭의 재촉에 다시 지휘를 시작하기로 했다.

"그러면 이곳이 천국 저택이라는 것을 전제로 이야기를 진행하겠습니다. 아까도 언급했다시피 사건의 희생자 여섯 명 중 두 명은 거의 확정입니다. 집주인의 아들 구니사와 하루토와 가정부죠. 가정부는 여러모로 봤을 때 메이드 씨라고 생각합니다. 그럼 구니사와 하루토는 우리 중 누구일까요?"

모두 고개를 갸웃할 뿐 아무 말도 하지 않았다. 그래서 생각하기 편하라고 재료를 던졌다.

"구니사와 하루토는 어떤 인물일까요? 일단 아들이라고 하니까 남성이겠죠. 나이는 나와 있지 않으니까 아버지 구니사와 아키오에 관한 기록으로 계산해 볼까요? 구니사와 아키오는 1987년 시점에 서른아홉이었습니다. 생일을 모르니 다소 오차는 있겠지만 뭐 현재는 일흔한 살 전후겠네요. 25년 전, 즉 마흔여섯에 이혼했습니다. 학생 때 결혼했다고 생각할 수는 없으므로 아이를 가진 건 스물세 살에서 마흔여섯 사이라고 판단할 수 있겠죠. 그렇게 가 정했을 경우, 현재 구니사와 하루토는 대략 몇 살일까요? 자, 조폭 씨 대답하세요."

"난 좀 빼 줘. 그런 계산에 약하다고."

조폭을 대신해서 아가씨가 대답했다.

"스물다섯 살에서 마흔여덟 살 사이 아닐까요?"

포크로 그녀를 가리키며 내가 말했다.

"'정답!'이라고 말하고 싶지만, 사실은 저도 정확히 계산 해 본 건 아니에요. 하지만 뭐 그 정도겠죠? 결국 이곳에 있는 저를 포함한 남성 네 명은 구니사와 하루토일 수 있 습니다. 그러면 묻겠습니다. 자기가 구니사와 하루토라고 생각하는 사람은 손을 들어 주세요."

정적이 감돌았다. 그 누구도 움직이지 않았다.

"…음, 아무래도 좀 그렇죠? 뭐 이렇게 될 줄 알았어요. 그럼 질문을 바꾸겠습니다. 구니사와 하루토의 아버지, 구 니사와 아키오를 아는 사람이 있습니까?"

그렇게 묻자 파우치가 입술을 삐죽 내밀며 중얼거렸다.

"다들 기억이 없으니까 아는 사람은 없을 듯싶은데."

"그런가요…."

나는 그렇게 말한 후 눈앞의 요리를 가리켰다. 그러고는 이어서 말했다.

"이를테면 전 이 요리의 이름을 알고 있어요. 이 요리는 에그 베이컨이다. 이런 식으로 기억이 없어도 말이나 일반 상식은 이해하죠?"

그때 아가씨가 찬물을 끼얹었다.

"이걸 에그 베이컨이라고 부를 수 있는지 의문이지만요."

나는 그 말을 무시하고 계속 말했다.

"구니사와 아키오는 지역 명사로 불리는 존재였어요. 그 정도로 유명한 사람이라면 이곳에 그를 아는 사람이 있다고 해도 이상하지 않잖아요?"

그러자 조폭이 고개를 숙였다. 뭔가 수상했다.

"조폭 씨, 왜 그러세요?"

"사실 난 구니사와 아키오를 알고 있어. 구니사와 아키오는 지역 명사 정도가 아니야. 일부에서는 특종왕으로 부를 만큼 영웅이라고. 딱히 숨기려던 건 아니었어. 나한텐 이거야말로 상식이라 다들 아는 줄 알았지."

"참고로 구니사와 아키오는 어떤 사람입니까?"

"친하게 지낸 건 아닌지, 아무튼 기억이 없어서 잘 모르겠지만 어떤 미디어에서 수염을 기른 노인네라고 묘사했던 것 같아. 성격이 괴팍하다고 들었어."

"사건 당시 구니사와 아키오는 집에 없었습니다. 어디에 갔을까요?"

"지인이 아니래도? 알 리가 없잖아!"

"그럼 구니사와 하루토에 대해서는 알고 있나요?"

"유감스럽게도 기억이 없군."

다른 사람들에게 시선을 돌리자 그들 역시 모두 고개를 저었다.

일단 신문 기사에 관한 자세한 조사는 이 정도면 되겠지. 사실 신경 쓰이는 부분이 더 있긴 하다. 이를테면 구니사와 하루토가 몹시도 수상하게 느껴진다는 것. 하지만 이는 근거 없는 추측일 뿐이라 입 밖으로 꺼내는 건 아직은 시기상조이리라.

나는 접시에 남은 마지막 까만 물체를 입에 넣고 포크를 테이블에 내려놓은 후 양손을 펼쳤다.

"그럼 이제부터는 세계에 관해서 말해 볼까요?"

이런 말을 진지한 얼굴로 하는 날이 오리라고는 생각도 못 했다.

사람들의 시선이 모두 이쪽을 향하고 있었다. 나는 검지를 세우고 보란 듯이 설명하기 시작했다.

"조금 전 파우치 씨와 아가씨에게는 얘기한 내용인데, 이 세계와 현세는 시간의 흐름이 다르죠? 한 시간마다 신문이 발행되는데 이곳 천국에는 하루에 한 번만 신문이 와요. 어떻게 생각하세요?"

그 질문에 메이드가 대답했다.

"네. 현세에서 한 시간이 지났을 때 이곳 천국에서는 하루가 지나잖아요."

요리사와 조폭이 당연하다는 듯이 고개를 끄덕였다.

"어? 뭐야, 다들 알고 있었어요?"

예상치 못한 반응에 당황하자 이번에는 조폭이 검지를 세우고 보란 듯이 설명하기 시작했다.

"신문新聞이라는 한자를 떠올려 봐. 새롭게 들은 이야기라는 의미야. 새로움, 즉 정보는 신선도가 중요하다고. 이곳은 신문기자의 저택이야. 오래된 신문이 올 리 없잖아. 신문기자의 직업 윤리상 배달되는 신문은 찍어 낸 지 얼마 안 된 거라고. 난 그렇게 믿어. 그래서 곧바로 시간의 흐름이 현세와 다르다는 걸 깨달았지."

정석적이랄까 어떻게 보면 기계적인 느낌의, 상대로 하여금 짜증을 느끼게끔 만드는 말투였다. 왠지 모르게 화가 났다.

나는 어깨를 으쓱이며 다음 화제로 넘어가기로 했다.

"그러면 시간의 흐름에 관해서는 이쯤으로 정리하고, 다른 이야기를 해 보죠. 이 세계에는 정말로 우리 여섯 명뿐일까요?"

메이드가 또다시 입을 열었다.

"네. 그렇게 생각합니다. 신문을 판단의 근거로 보는 한 희생자는 여섯 명이에요."

"사실은 더 있을지도 모르죠."

"그럴 가능성이 전혀 없는 건 아니지만 파티에 참석한 사람이 여섯 명인 것은 확실합니다. 게다가 현세에서는 이미 사건이 드러난 지 열 시간 정도 지났어요. 수사도 진행 중일 거고요. 저택의 희생자는 우리 여섯 명으로 확정해도 좋지 않을까요?"

"그렇군요. 이 세계에는 여섯 명만 왔다. 그렇게 되면 이해할 수 없는 점이 있어요."

"무슨 말인가요?"

새침한 표정의 메이드에게서 시선을 떼고 다른 사람들을 둘러봤다.

"어제와 오늘 오전 6시 무렵, 바이크 소리를 들었습니다. 그건 누가 낸 소리였을까요?"

그렇게 의문을 제기하자 요리사와 파우치가 입을 열었다.

"그건 시보와 같은 겁니다."

"신문이 온 걸 알리는 신호야."

의미를 알 수 없어서 기가 막혔다.

"네? 무슨 뜻이에요? 시보라고요?"

그러자 메이드가 또다시 말하기 시작했다.

"매일 아침 6시가 되면 모터가 달린 자전거 소리가 들립니다. 그 후에 우체통을 확인하러 가면 신문이 와 있어요. 그런 현상입니다."

"그걸로 이해가 됩니까? 누군가가 있을 수도 있잖아요."

"하지만 아무도 모습을 보지 못했어요."

더 이상 캐묻는 것은 의미가 없을 것이다. 내 쪽에서 부재를 증명할 수 없었으므로 시원하게 결말을 낼 수도 없을 것 같았다. 이 화제에 관해서는 물러나는 편이 나으리라.

"알겠습니다. 모터바이크 소리가 천국에서는 흔한 자연 현상이군요. 그럼 우선 궁금한 점은 해결되었습니다. 제 이야기는 이상입니다."

그렇게 말했을 때 갑자기 조폭이 시비를 걸었다.

"뭐야, 벌써 끝이야? 범인에 관한 이야기가 없잖아."

"지금은 범인에 대해서 아무것도 모르니까 얘기할 수 있는 게 없어요."

"신중하기 짝이 없네."

그는 그렇게 내뱉고 주위를 빙 둘러 째려보며 낮은 목소리로 말했다.

"이봐, 누가 죽였어?"

그러자 파우치가 작은 목소리로 비난했다.

"조폭 씨, 그렇게 묻는 건 좋지 않아."

그러나 조폭은 기가 죽기는커녕 외려 더 말이 많아졌다.

"착각하지 마. 난 범인을 규탄할 마음이 없어. 이미 죽었으니까. 그저 이곳에서 벗어나기 위해 빨리 진상을 알려 달라는 것뿐이야. 상세한 기억까지는 그렇다 쳐도, 사람을 칼로 벴다는 자각은 있을 거 아냐? 안 그래?"

범인에게 하는 질문이었지만 당연히 아무도 대답하지 않았다.

조폭은 고개를 갸우뚱하며 계속 말했다.

"영문을 모르겠네. 대체 왜들 나서지 않는 거야? 범인이라고 해도 이런 장소에는 있고 싶지 않을 거 아냐. 이미 살인은 끝났어. 이 세계에는 경찰도 없다고. 자신이 범인이라고 밝혀도 잃을 게 전혀 없단 말이야. 오히려 밝히는 편이 뭘갈 얻어도 얻겠지."

그 의견에 아가씨가 이의를 제기했다.

"잃을 건 있죠. 존엄이에요. 저로서는 살인범 취급은 받고 싶지 않은걸요."

"아가씨, 진상이 판명되면 다 함께 성불한다는 전제를 잊은 거야?"

"그래도 싫어요. 사라지는 순간까지 전 아름다운 상태로 있고 싶어요."

"뭐? 무슨 말을 하는 거야?"

험악한 분위기가 감돌았다. 나는 어이가 없어서 중재에 나섰다.

"범인이 이 안에 있다고 정해진 건 아니니 이 이야기는 그만두죠? 게다가 연장자인 파우치 씨가 뭔가 하고 싶은 말이 있는 것 같아요."

"어? 나? 내가 하고 싶은 말이 있다고?"

"이야기를 정리해 주세요."

"아아, 그래…."

무턱대고 던진 요구에 당황할 법도 했으나, 파우치는 손뼉을 크게 쳤다.

"자, 잘 먹었다고 말해 볼까요? 다 함께 하나, 둘, 셋!"

식당 안에 여섯 성인들의 "잘 먹었습니다." 하는 소리가 울려 퍼졌다.

이렇게 어두운 식사 인사를 지금까지 들어 본 적이 없었다. 아직 이틀 치의 기억밖에 없지만.

식사를 마치자 조폭은 2층에 있는 자신의 방에 잠을 자러 갔다. 어젯밤에는 악몽 아닌 악몽 때문에 잠을 별로 자지 못했다고 한다. 아가씨는 홍차를 끓여서 서재로 향했다. 메이드와 요리사는 주방에서 설거지를 했다.

나는 메이드에게 저택 안내를 부탁하려고 생각했지만 그녀가 바쁜 듯싶어 한가해 보이는 파우치에게 말을 걸었다.

"파우치 씨, 저와 함께 저택 안을 탐험해 보는 건 어때요?"

"좋지. 탐험이라는 말이 참 마음에 들어."

천국 저택의 방은 저택 한가운데에 있는 계단 홀을 에워싸듯이 배치되어 있다.

1층에는 남쪽에 현관, 서쪽에 응접실, 동쪽에 서재, 북쪽에 주방, 배식실, 식당이 있다. 북쪽 방 앞에는 서쪽과 동쪽으로 복도가 이어지며 서쪽 복도를 따라 창고와 작은 계단이, 동쪽 복도를 따라 사용인실과 욕실이 배치된

구조다.

2층도 1층과 비슷한 배치 형태로 남쪽에 커다란 창문, 서쪽에 집회실과 집주인의 방으로 보이는 넓은 거실, 동쪽에도 넓은 거실 두 개가 있었으며 북쪽에는 작은 거실 4개가 있었다. 덧붙이자면 내가 객실로 이용하는 방은 작은 거실 4개 중 하나로 북동쪽 구석에 있는 방이다.

나와 파우치는 먼저 남성 시체 두 구가 있었다고 하는 응접실을 탐색하기로 했다.

응접실에 들어가자 환한 공간이 펼쳐졌다.

천장의 조명 자체는 은은했지만, 남쪽 한 면이 전부 유리로 되어 있어서 그곳으로 햇빛이 강하게 쏟아졌다. 커튼이 있기는 하지만 저택의 자랑인 정원을 보여 주고 싶었는지 활짝 열어 놓은 상태였다.

방 한가운데에는 낮은 테이블이 있었고 그 테이블을 사이에 두고 소파 두 개가 마주 보게 놓여 있었다. 하나는 창문을 등지고 다른 하나는 벽을 등지게 배치해 놓았다.

나는 벽을 등진 쪽 소파에 걸터앉았다. 앉자마자 엉덩이가 푹 들어갈 만큼 소파는 푹신했다. 언뜻 3인용으로 보였으나 이런 저택의 가구는 대개 큼직큼직하므로 아마 크게 나온 2인용 가구일 것이다.

"어? 앉았어?"

파우치가 말했다.

"왜요? 앉으면 안 돼요?"

"아니, 그 소파는 처음 발견된 희생자가 잠든 곳이잖아."

"지금은 잠을 자지도 않고, 뭐랄까… 정확히는 잠을 자기 전의 상태예요. 이거."

메이드의 말에 따르면 이 저택은 희생자들이 죽은 장소가 충실히 재현되어 있는 상태다. 그 생각에는 대체로 동의한다. 그러나 엄밀히 말하자면 정확한 표현은 아니다. 이 저택은 공통 인식으로 탄생했다. 당연하게도 희생자들로선 죽은 후에 일어난 일을 알 리가 없다.

"정리하자면, 이 장소는 사건이 일어나기 전의 저택, 혹은 그 저택의 상태라는 거죠."

"아하, 과연. 수염남 씨 머리가 좋네. 탐정 같아."

"생전에 탐정이었을지도 모르죠."

그렇게 농담하며 다리를 꼰 상태로 팔걸이에 기댔다. 그러고는 정원을 가리키며 중얼거렸다.

"이 자리에서는 정원이 잘 보이네."

사건 현장을 처음 목격한 식당 주인은 밖에서 이 소파에 드러누운 시체를 봤다. 또 다른 시체는 발밑에 쓰러져 있어서 보지 못했다. 확실히 밖에서 보면 바닥이 사각지대가 된다. 그런 까닭에 첫 번째 시체를 발견한 후 두 번째 시체를 발견하기까지 두 시간의 공백이 생겼다.

이런저런 가능성을 생각하는데 파우치가 흥분한 기색으로 말을 걸었다.

"보기 좋네. 수염남 씨, 그 포즈 멋있어. 탐정이라기보다 탐정을 연기하는 명배우라는 느낌이야. 음, 보기 좋아."

파우치는 손가락으로 사각 프레임 모양을 만들어 그 사이로 이쪽을 들여다봤다.

기분이 나쁘지는 않았다. 다만 좀 걸리적거렸다.

"파우치 씨, 지금은 추리 시간이에요."

"아, 미안해. 뭔가 생각하는구나?"

"네. 여기에서 죽은 사람이 누구였을까 하는 생각이요."

"그러게 말이야. 누굴까?"

무슨 의도를 갖고 일부러 맞장구를 친 게 아니라면 이미 답은 나왔다.

나는 확증을 얻기 위해 일부러 이렇게 물었다.

"파우치 씨, 파우치 씨는 어디에서 죽었어요?"

파우치는 당돌한 질문에 당황한 모습을 보이면서도 천천히 말하기 시작했다.

"아마 지금 사용하는 객실일 거야. 처음에는 몰랐어. 그런데 방 안에 있는 동안 점점 생각나더라고. 여기는 '내가 살해당한 곳'이라고 말이야. 나는 객실 침대에서 잠들었을 때 범인한테 습격당했어."

그가 목 부분을 누르며 괴로운 듯한 표정을 지었다.

"저도 객실에서 죽었어요. 이 응접실에는 두 남성의 시체가 있었고요. 저와 파우치 씨가 객실에서 죽었다는 건,"

"아하, 여기에서 죽은 사람은 조폭 씨와 요리사 씨네."

"그렇겠죠?"

물론 이는 파우치가 진실만을 말했다는 전제하의 이야기지만 말이다.

"나중에 조폭 씨와 요리사 씨에게도 죽은 장소를 확인해 볼게요."

그때 무슨 소리가 들렸다.

"크아아아아악!"

저택 안에 울려 퍼지는 비명. 2층에서 나는 소리였다.

파우치가 시선을 위로 향하더니 어리둥절해하며 중얼거렸다.

"조폭 씨 목소린데?"

나는 고개를 크게 끄덕이며 문을 엄지로 가리켰다.

"가 보죠."

응접실에서 홀 쪽으로 나오자 맞은편에 있는 서재의 문 앞에 아가씨가 서 있었다. 우리와 마찬가지로 비명 소리를 듣고 방에서 뛰어나온 모양이었다.

"아, 수염남 씨. 뭐예요? 지금 그 소리⋯."

겁에 질린 목소리로 아가씨가 물었다.

문을 여닫는 소리가 들리고 주방에서 서쪽 복도를 통해 메이드와 요리사도 왔다.

이로써 계단 홀에 조폭을 제외한 다섯 명이 모두 모였다. 우리는 말없이 시선과 고개를 끄덕이는 행동만으로 서로의 의사를 확인했다.

무슨 일이 일어난 건지 보러 가야 했다.

다 함께 대계단을 올라가서 2층으로 향했다. 객실로 이용하고 있는 북쪽의 작은 거실 4개는 서쪽에서부터 순서대로 아가씨, 조폭, 파우치, 나(수염남)의 방이었다.

나는 조폭이 이용 중인 방의 문을 두드렸다.

"조폭 씨? 무슨 일 있어요?"

대답이 없었다. 문손잡이를 돌리려 했지만 잠겨 있었다.

"제가 열쇠를 가지고 올게요."

아가씨가 말했다. 그런 아가씨를 메이드가 가로막았다.

"열쇠라면 제가 갖고 있어요."

메이드는 열쇠 꾸러미에서 열쇠 하나를 골라 안쪽으로 열리는 문을 열었다. 모두 숨을 죽였다. 창문에서 들어오는 빛이 실내의 모습을 선명하게 비췄다.

조폭은 목에서 피를 철철 흘리며 침대에 위를 향한 상태로 쓰러져 있었다.

나는 다른 사람보다 먼저 방에 들어가 조폭을 내려다봤다. 조폭은 눈을 부릅뜨고 허공을 바라보고 있었다.

파우치가 조금 늦게 달려와서 그런 조폭의 몸을 흔들었다.

"조폭 씨! 조폭 씨, 정신 차려!"

"파우치 씨, 소용없어요. 이미 죽었어요. 동공이 열려 있고 숨도 쉬지 않아요. 무엇보다 이런 상처로 살아 있을 리가 없잖아요."

조폭은 목을 크게 베인 상태였다. 목의 왼쪽 면이 갈라진 것처럼 벌어졌다. 칼이 아니라 도끼 같은 물건으로 찍어 벤 느낌의 상처였다.

"왜 그렇게 침착할 수 있는 거야?"

"저도 동요하고 있어요. 그래서 침착하라고 저 자신을 타이르고 있는 중이라고요…."

당황하지 마. 냉정해져야 해. 천천히 숨을 쉬어. 그래, 연기해. 나는 명탐정이라고 굳게 믿어.

조폭의 시체를 관찰하다 보니 어딘가 모르게 이상하다는 생각이 들었다.

"부자연스러워…."

시체 옆에 쭈그리고 앉은 파우치가 이쪽을 올려다봤다.

"뭐? 왜 그래?"

"목 옆면을 쳐서 벤 느낌인데 똑바로 누워 있어요. 게다가 이불까지 덮고 있고요. 잘 때 습격했다면 목의 정면에 상처가 생겨야 하잖아요?"

"옆으로 자다가 베이는 바람에 똑바로 눕게 됐나?"

"아, 그럴 수 있죠. 근데 그건 그렇다 쳐도, 대체 어느 시점에서 소리를 질렀을까?"

그렇게 자문한 후 이불을 젖혔다.

"…왼쪽 새끼손가락을 다쳤네."

"수염남 씨, 조폭 씨는 원래 왼쪽 새끼손가락이 없어."

"그게 아니에요. 그 없어진 새끼손가락 밑부분에서 피가 나요."

"아, 정말이네…."

이리저리 계속 살폈지만 달리 의심스러운 점은 보이지

않았다. 나는 조폭의 얼굴을 가리듯이 이불을 덮은 후 뒤를 돌아봤다.

아가씨, 메이드, 요리사가 불안한 듯 이쪽을 바라보고 있다.

그런 그들에게 양손을 펼치며 제안했다.

"일단 식당으로 갈까요?"

대답도, 고개를 끄덕이는 사람도 없었다. 그래도 다섯 명은 식당으로 걸어가기 시작했다.

식당 안. 모두 오늘 아침과 같은 자리에 앉았다. 한 자리만 빼고. 조폭이 앉았던 입구에 가까운 자리가 빈 상태였다.

메이드가 찬물이 든 유리컵과 물병을 들고 왔다. 나는 물을 단숨에 쭉 들이켰다. 다른 사람들은 홀짝홀짝 마셨다. 사방이 쥐 죽은 듯 고요했다.

그러는 도중 아가씨가 식탁 위의 아무것도 없는 한 점을 바라보며 쉰 목소리를 냈다.

"어떻게 된 거예요…."

생각을 정리할 겸 아가씨의 말에 이렇게 대답했다.

"현장 상황으로 보면 조폭 씨는 눈을 뜬 상태로 침대에 누워 있을 때 도끼 같은 칼로 습격당했어. 저항하려다 왼손을 다쳤고, 그때 소리를 질렀지. 그와 동시에 목을 가격당했고 그 결과로 목숨을 잃었어. 범인은 시체에 이불을 덮고 흉기를 든 채로 도주했다고 생각하는 게 타당하지 않을까?"

"지금은 그런 이론을 물어본 게 아니에요!"

또 그녀의 기분을 상하게 한 듯했다. 잠시 입을 다물기로 했다.

식당의 풍경은 정지 화면과도 다름없었다.

그때 배경음처럼 띄엄띄엄 혼잣말이 들려왔다.

"누가 죽였을까…."

파우치가 말했다.

"누가 이런 짓을…."

이번엔 요리사였다.

"그러게 말이야. 어디서 장난질이야?"

그렇게 말한 사람은 조폭이었다.

모두의 시선이 식당 입구로 쏠렸다. 그곳에 서 있는 인물을 보고 다섯 명은 무심코 외쳤다.

"조폭 씨!"

나는 소리친 기세 그대로 조폭에게 물었다.

"아까 죽지 않았어요?"

"죽었어. 기합을 넣었더니 되살아나더라."

"네? 그런 시스템이에요?"

조폭은 소리를 내며 의자에 앉았다. 그의 목에는 상처는 커녕 피를 흘린 흔적조차 없다.

"젠장. 누가 날 죽였어. 게다가 현세와 같은 방법으로 죽이고 말이야…."

그렇게 불평하는 그에게 파우치가 의문을 제기했다.

"누가 습격했는지 기억나?"

"잠이 덜 깬 탓인지 기억이 흐릿해. 습격당한 것만 알겠어."

"그렇군… 그래도 일단 무사해서 다행이네. 죽지 않는다면 앞으로도 안심이야."

파우치는 사근사근하게 웃어 보였다.

그의 웃는 얼굴을 보고 조폭이 무거운 어조로 대답했다.

"과연 그럴까…."

뭔가 더 하고 싶은 말이 있는 모양이다. 그래서 다음 말을 재촉하듯이 물었다.

"무슨 뜻이죠?"

"목을 베이는 건 당연히 죽을 만큼 아파. 이런 일을 반복해서 당해 봐. 즉사하는 것보다 더 큰 고통이야. 이미 고문이라고."

"그야 그렇죠."

"당장 범인을 찾아야 해."

"단서는 있나요?"

조폭은 오른손 검지와 중지, 약지를 세웠다.

"범인의 모습은 기억나지 않지만 이번 일로 알게 된 사실 세 가지가 있어. 먼저 범인은 왜 전면에 나서지 않는 걸까? 그 이유는 이 천국에서도 살육을 하기 위해서야. 죽은 사람이 되살아나는 건 예상 밖이었을지도 모르지만 아무튼 나를 제외한 사람들 역시 노려질 가능성이 있어."

조폭은 그렇게 말한 뒤 세운 세 손가락 중 약지를 접었다.

"다음으로 범인의 동기. 현세에서의 살해는 그게 동반 자살이라고 해도 이익과 손해가 얽힌 경우가 있어. 이를테면 누군가를 위해서라든가. 그렇지만 천국에는 그런 이익과 손해가 존재하지 않아. 결국 범인의 동기는 원한이야. 고통을 주는 것만이 목적이라고 해도 좋아."

이제 조폭은 중지를 접고 남은 검지를 지휘봉을 다루듯이 흔들었다.

"마지막으로 이게 가장 중요해. 여기는 폐쇄된 천국이야. 이번 일로 외부인의 소행일 가능성은 사라졌어. 범인은 확실히 이 안에 있어!"

조폭은 눈을 가늘게 뜨고 식탁을 에워싼 천국 주민들을 한 사람씩 노려봤다.

탁한 공기가 식당 안을 이리저리 맴돌았다.

지금으로서는 조폭의 추측에 설득력이 있는 것 같다. 다른 사람들도 똑같이 생각했는지 아무도 반론하지 않았다. 그러나 조금 전의 상황을 생각하면 이 자리에 있는 사람들은 조폭을 죽일 수 없다. 그 모순을 해결할 돌파구가 뭔가 있을 것이다.

오늘 일어난 일을 돌이켜봤다. 머릿속의 영상을 현시점에서 역재생했다. 그렇게 마지막에 이르렀다. 눈을 떴을 때 들은 소리. 역시 그게 신경 쓰였다.

그래서 나는 조폭에게 이렇게 말했다.

"우리 외에 다른 사람이 범행을 저질렀을 가능성이, 아직 있습니다."

저녁 식사를 마친 후 나는 메이드의 방을 찾기로 했다.

사용인실의 문을 두드리자 그녀가 졸린 듯한 얼굴을 하

며 나타났다.

"무슨 일이시죠?"

"알람 시계를 빌릴 수 있을까 해서요."

"알람 시계요?"

"네. 메이드 씨는 여기 있는 누구보다도 더 빨리 일어나잖아요? 갖고 있을 것 같은데."

"있긴 있지만…."

그녀는 그렇게만 말하고 다시 방으로 들어갔다. 여성의 방을 빤히 들여다볼 수는 없는 노릇이라 "있지만?"이라고 복창만 했다.

그러자 메이드가 이쪽으로 다시 와서 난처하다는 듯 말했다.

"죄송합니다. 있긴 있는데 책상에 고정된 시계라서요. 빌려드리기 어려울 것 같습니다."

"아하, 사과하지 않아도 돼요. 그럼 어디 없을까요?"

"어쩌면 창고에 있을지도 몰라요. 안내해 드릴까요?"

"창고 위치는 알아요. 저 혼자 가도 괜찮습니다. 안녕히 주무세요."

창고는 서쪽 복도를 따라가면 된다. 홀을 지나서 그쪽으로 향했다.

낮에 창고 안을 잠깐 들여다봤는데 꽤 넓은 공간이었다. 워크 인 클로짓이라는 이름이 더 잘 어울릴지 모른다. 왼쪽 벽에는 옷걸이에 걸린 옷이 가지런히 늘어서 있었고 그 외의 벽에는 선반을 설치해서 골동품이라도 들어 있는 듯한 상자가 여러 개나 쌓여 있었다.

문 앞에 도착해 그 광경을 떠올리니 한숨이 절로 나왔다. 그 속에서 알람 시계 하나를 찾기란 보통 힘든 일이 아닐 듯싶었다. 그렇지만 메이드에게 깨워 달라 할 수도 없는 노릇이고 알람도 없이 내 힘으로 새벽에 일어날 자신은 더더욱 없었다.

"제발 곧바로 찾았으면 좋겠네."

나는 실없는 소리를 중얼거리며 문을 열고 불을 켰다.

알람 시계는 다행히 바닥 한가운데에 놓여 있었다.

넷. **현상**

오전 5시 반, 알람이 울린다.

어젯밤에 찾은 알람 시계는 아날로그 문자판 위에 커다란 버튼 두 개가 달린 것이었다. 어린아이에게 알람 시계를 사 오라고 심부름을 시켰을 때 이걸 사 오면 백 점을 줄 수 있을 만큼 전형적인 알람 시계. 나 역시 전형적인 자세를 하고 이불을 뒤집어쓴 채로 머리맡의 시계를 쳐서 알람을 껐다.

느릿느릿 일어났다. 옷차림을 대충 정돈한 후 저택 밖으로 나갔다.

저택의 현관 앞에는 스탠드 형식의 우편함이 설치되어

있다. 새집을 생각나게 하는 작은 우편함. 얇은 금속으로 만들어졌고 정면에는 돋을새김을 한 자잘한 무늬 장식이 있다. 나는 먼저 안쪽의 내용물을 확인했다. 신문은 아직 오지 않았다.

그런 다음 주변을 둘러보고 몸을 숨길 수 있는 장소를 찾았다. 건물의 그림자나 소나무 숲속, 아니면 정원 안의 수풀 등…. 경우에 따라서는 용의자를 붙잡을 수도 있다. 그런 점까지 고려하면 최대한 우편함에서 가까운 편이 좋을 것이다.

고심한 끝에 고른 장소는 수풀이다. 식물 이름은 잘 모르지만 이 꽃이라면 알고 있다. 장미다. 방패형으로 짜놓은 지지대에 흰 장미가 휘감겨 있다. 사람 키 정도로 큰 데다 꽃과 잎이 모두 무성했다. 다만 가시는 적은 품종인 듯했다. 여름철에 장미가 만발할 줄은 몰랐다. 사실 이런 곳에서 무엇이 불가능하겠느냐마는.

나는 그 장미 수풀 속에서 몸을 낮추고 숨을 죽였다.

머잖아 내가 그토록 기다리던 소리가 들려왔다. 믿을 수 없는 엔진 소리. 모터바이크가 숲속을 달리는 소리라는 걸 알 수 있었다. 아마도 신문 배달 등에 흔히 쓰이는 세미 오토매틱 형 바이크겠지. 독특한 기어 변환 소리가 덜그럭거리며 주위 일대에 울렸다.

어제 아침부터 줄곧 수상하다 생각했다. 이 세계에서 냉장고 안에 채워지는 식재료나 소모품 등은 갑자기 솟아나듯이 전혀 티 나지 않게 보충되었다. 그에 반해 신문만이 바이크 소리라는 음향 효과가 딸렸다. 또 지면에 적힌 내용에서 확실히 필자라는 존재가 느껴졌다. 어떤 마술을 사용하는지는 모르겠지만 현세의 일을 아는 누군가가 그 내용을 적어 신문으로 배달한다, 그렇게 생각하는 편이 '단순 현상이다'라는 설명보다 납득이 쉬웠다.

그리고 바로 그 누군가가 조폭을 죽였다. 현세에서의 살인은 제쳐 두고라도 조폭 살인의 경우, 저택 안의 사람들로는 실현이 불가능했다.

바이크 소리가 다가왔다. 아직 그 모습은 보이지 않았지만 소리의 크기로 보아 이미 부지 안에 들어온 듯했다. 슬슬 우편함 앞에 도착할 것이다. 소리가 한층 더 가까워졌다. 그런데 모습이 전혀 보이지 않았다.

소리가 우편함 앞에서 멈추고 공회전 상태로 바뀌었다. 아무도 없었다. 그런데도 누군가가 뭔가를 우편함에 넣는 소리가 들렸다. 그 후 소리는 다시 이동하기 시작해 곧 숲 속으로 사라졌다.

잠시 어안이 벙벙했다. 무슨 일이 일어났나. 아니, 아무 일도 일어나지 않았다. 단지 소리만 났을 뿐.

어느 정도 냉정함을 되찾을 때까지 시간이 걸렸다. 정신을 가다듬고 우편함으로 달려갔다. 뚜껑을 열었다. 그 안에는 신문이 들어 있었다. 즉 바이크 소리를 신호로 신문이 솟아났다.

"…그래서 현상이라고 말씀드렸잖아요."

등 뒤에서 갑작스럽게 목소리가 들려와 나도 모르게 어깨를 움찔했다.

돌아보니 바로 그곳에 메이드가 서 있었다.

"메, 메이드 씨, 언제부터 있었어요…?"

"계속 있었습니다. 수염남 님이 밖으로 나가시는 모습을 봤기에 뭐 하는 거지, 하고 건물 그림자에 숨어서 관찰했습니다."

메이드가 냉담하게 미소 지었다. 비웃는 걸까?

"저기, 질렸나요? 메이드 씨가 한 말을 믿지 않아서."

"아니요. 그렇지는 않습니다. 그저…."

"그저? 그저 뭐요?"

"정원 화단 쪽에는 들어가지 마세요. 모종이 상합니다."

그렇게 말하고 그녀는 옆을 봤다. 그 시선의 끝을 좇았다. 좀 전에 내가 들어간 장소는 모종을 심은 지 얼마 안된 모양인지 흙이 드러나 있었다. 그곳에 작은 식물을 심은 듯했다.

"아, 죄송합니다."

"앞으로는 조심해 주세요. 아가씨와 조폭 님이 슬퍼할 거예요."

"네? 왜 여기서 두 사람의 이름이 나오는 건가요?"

"두 분이 이곳의 꽃을 좋아하는 것 같아서요."

"허… 뭐 멋지게 피었네요."

새삼스럽게 정원의 꽃들을 바라봤다. 어느 것이나 다 아름다워서 꽃이 좋아지는 그 기분도 이해가 됐다. 그렇다 해도 꽃이란 건 대부분 봄에 피는 게 아니었나?

"장미는 여름에 피는 꽃이었군요."

"사계절 장미라면 아주 추운 겨울을 제외하고 계속 핀답니다."

"아하. 그럼 이 흰 장미는 사계절 내내 피는 장미라는 건가요?"

"아니에요. 이 꽃은 일 년에 한 번 피는 덩굴장미예요. 원래는 봄에만 피는데 올해는 철이 아닌데도 다시 피었어요. 좀처럼 잘 없는 일이긴 하지만 한번 꽃이 진 후 여름이

나 가을에 다시 필 때가 있답니다."

"철이 아닌데 다시 핀다고요? 마치 우리 같네…."

중얼거리는 소리를 듣고 메이드가 이쪽을 가만히 쳐다봤다. 어쩐지 멋쩍어져 허둥대며 말을 이었다.

"아, 아니, 우리도 목숨을 잃고 천국에서 다시 꽃피우는 건가 해서요."

메이드가 표정을 풀며 흰 장미를 바라봤다.

"그러고 보니 조폭 님도 장미를 보고 같은 말을 하셨습니다."

"네? 그 사람과 같은 생각이라니 뭔가 기분 나쁘네요."

"왜요. 멋진 생각인데요. 매우 공감합니다… 그럼 슬슬 식당으로 갈까요? 식사 준비도 끝났고 수염남 님은 다른 분들에게 보고할 것도 있지 않나요?"

꽃 덕분에 마음이 차분해졌는데 단숨에 현실로 되돌아왔다.

천국에 여섯 명 이외의 인물은 존재하지 않았다.

이미 다른 사람들은 모두 식당에 모여 있었다.

어제와 같은 좌석 배치. 요리사도 배식을 마치고 자리에 앉았다. 그러나 아무도 대화하지 않았다. 조폭은 팔짱을 끼고 어딘가 심각한 표정을 지었다.

나는 그런 그의 맞은편에 앉아서 기분을 살피듯이 웃는 얼굴로 말을 걸었다.

"오늘은 어제와 달리 빨리 일어났네요."

"네 방 알람 시계 소리 때문에 시끄러워서 깼어."

"아, 그건 죄송합니다…."

사과의 의미로 머리를 숙였지만 조폭의 표정은 여전히 험악했다.

"수염남. 그것보다 먼저 할 말이 있지 않아?"

"네, 늦어서 죄송합니다."

"그게 아냐. 오늘 아침에 뭔가를 확인하러 갔잖아?"

전날 허세를 부린 게 있어서 체면상 아무런 성과도 얻지 못했다고 말하기가 어려웠다.

가렵지도 않은 목덜미를 긁었다. 그러자 메이드가 물을 나눠 주며 나 대신 설명을 시작했다.

"수염남 님은 신문 배달부를 붙잡으려고 했지만 그런 건 존재하지 않는다는 사실이 밝혀졌을 뿐입니다. 자, 에그 베이컨이 식기 전에 어서 드세요."

여러 명의 한숨 소리가 동시에 들렸다. 그건 내가 한 일에 대한 것인지, 아니면 에그 베이컨에 대한 것인지 확실하지 않았지만 아무튼 매우 좋지 않은 분위기 속에서 아침 식사가 시작되었다.

조폭이 새카만 물체를 시원하게 한입 가득 넣고 포크를 이쪽으로 향했다.

"이걸로 다섯 명 중에 범인이 있다는 걸 이해하겠어?"

뭔가 도움될 거란 생각에 새벽에 일찍 일어나기까지 했는데 비난당하는 기분이었다.

"아니, 잠시만요. 우리 중 누군가가 범행을 저지르는 건 물리적으로 불가능하다고요. 현장은 밀실이었고 비명을 들은 직후 모두 홀에 있었거든요."

"뭔가 트릭을 썼겠지."

"그럴 리가요. 미스터리 영화가 아니라고요."

"무슨 말을 하든 이 세계에는 여섯 명뿐이야. 알겠어?"

충분히 알고 있다. 일곱 번째를 찾다가 실패로 끝나고 돌아온 참이니까.

말없이 시간만 흘러갔다. 포크와 접시가 부딪치는 소리가 희미하게 울렸다. 조폭은 아무도 반론하지 않는다는 것을 깨닫고는 갑자기 얌전한 태도로 말하기 시작했다.

"미안하군. 내가 살해당한 탓에 분위기를 안 좋게 만들었어. 어제도 말했지만 난 범인한테 따질 마음이 없어. 살해당한 직후에는 욕을 퍼붓기는 했는데, 어쨌든 그 생각은 변함없어. 범인에게도 사정이 있을 테니까….”

“그렇다고 해서 살인이 용서되는 건 아니죠.”

“알아. 수염남, 아직 내 말 안 끝났어. 좀 들어 줘.”

그렇게 말하고 조폭은 새끼손가락이 없는 왼손을 펼쳤다.

“보는 바와 같이 나는 이런 꼴이야. 기억나진 않지만 생전에 제대로 살지 않았다는 추측이 가능하지. 아마 빌어먹을 놈이 아니었을까? 그야말로 누군가에게 원한을 살 만한 짓도 잔뜩 하고 말이야….”

“아니요. 전 조폭 씨가 좋은 사람이라고 생각해요.”

“고마워. 하지만 못된 짓을 하는데 인격 따위는 상관없어. 물러설 수 없는 신념이 있을 때, 사람은 다른 이의 사정을 헤아리지 못하는 법이야.”

“그런가요? 전 이해할 수 없네요.”

“아 진짜, 수염남. 너 그 입 좀 다물 수 없어?”

조폭이 왠지 모르게 화를 냈다. 그래서 그의 뜻대로 나는 잠시 입을 다물기로 했다.

주위가 조용해지자 조폭이 모두의 얼굴을 보며 다시 말을 이어 갔다.

"이 안에 있는 범인. 당신도 물러설 수 없는 뭔가가 있었 겠지? 하지만 우리는 이미 죽었어. 진상이 밝혀지면 다 함 께 성불할 거야. 이런 미련의 결정으로 만들어진 세계에 서 빨리 함께 탈출하자고. 알겠어?"

아무도 대답하지 않았다.

이와중에 찬물을 끼얹는 건 좋지 않을 것 같아서 이번 에는 나도 계속 조용히 있었다.

식사를 마치자마자 대부분의 사람들이 각자의 방으로 흩어졌다.

식당에 남은 사람은 나와 파우치뿐이었다.

내가 생각에 잠기자 파우치가 옆자리로 옮겨 와서 손뼉 을 한 번 쳤다.

"어디 보자, 명탐정 씨는 무슨 생각을 하시나?"

"뭐예요, 명탐정 씨라니요."

"어제는 함께 추리 놀이를 했잖아."

"추리 놀이라니 그거 은근히 실례되는 말인데요⋯."

"자자, 그래서 뭔가 좋은 생각이 떠올랐어?"

그 질문에 생각을 정리하기 위해서 다시 한번 사건의 개 요를 읊기로 했다.

"조폭 씨 사건 말인데요, 2층에서 비명이 들리자마자 우리는 계단 홀로 나갔어요. 그 시점에서 이미 서재 앞에 아가씨가 있었죠. 조금 늦게 서쪽 복도에서 메이드 씨와 요리사 씨가 왔고요. 다섯 명이 함께 조폭 씨의 방으로 갔는데 문은 잠겨 있었어요. 역시 아무리 생각해도 불가능한 범죄예요…."

이야기를 다 들은 파우치가 오리처럼 입술을 삐죽 내밀었다.

"하지만 이 안에 범인이 있는 건 확실하잖아? 의심하고 싶지는 않지만."

"그렇죠… 아, 파우치 씨는 제가 수상하지 않나요?"

"그때 함께 응접실에 있었으니까 수염남 씨가 범인일 리는 없다고 생각해."

"저도 그래요. 파우치 씨가 범인일 리는 없어요."

"마음이 통하네. 그럼 남는 선택지는 세 명이야."

"세 명인가. 정확하게는 한 사람과 한 쌍이겠죠. 가정부 씨와 요리사 씨는 함께 있었으니까."

"공범일 가능성도 있다는 말이야?"

"의외로 그럴 가능성이 높을 수도 있죠. 아, 그거네!"

그렇게 말하고 손가락을 딱 튕기며 파우치의 얼굴을 가

리켰다.

파우치는 손가락으로 사각의 프레임 모양을 만들어서 그것을 한쪽 눈에 갖다 댔다.

"좋아. 그럴듯해. 명탐정 같아."

"얼버무리지 말고 제 이야기를 들어 줄래요?"

"응. 물론 들을 거야."

"두 사람이 범인이라면 밀실 트릭이 쉽게 풀려요. 메이드 씨가 열쇠 꾸러미를 갖고 있었으니까… 어라? 이상하네…."

사건이 일어났을 때를 다시 생각했다. 그때 조폭의 방 앞에서 부자연스러운 발언을 들은 것도 같았다.

"수염남 씨, 왜 그래?"

"공범설은 일단 내버려 둘까요? 좀 더 수상한 인물이 있어요."

"좀 더 수상하다니, 이제 아가씨밖에 선택지가 없잖아."

"맞아요, 아가씨예요. 그녀가 조폭 씨 방 앞에서 열쇠를 가져오겠다고 했어요. 이상하잖아요. 어디로 가지러 간다는 거죠?"

"여벌 열쇠가 어딘가에 있구나."

"그리고 그녀는 그 장소를 무슨 이유에서인지 알고 있

어요."

그렇게 단언했을 때 주방 쪽 문이 열렸다. 파우치와 나는 순간적으로 입을 다물었다.

식당에 들어온 사람은 메이드였다. 아마 설거지를 끝내고 사용인실로 돌아갈 것이다. 그녀가 홀로 통하는 문으로 걸어갔다. 그 움직임을 잠자코 눈으로 좇으며 식당에서 나가기를 기다렸다. 그런데 돌연 멈춰서서는 우리 쪽에 말을 걸었다.

"차라도 끓일까요?"

나는 당황해서 양손을 저었다.

"아, 말은 고맙지만 괜찮아요…."

"그런가요? 필요할 때는 사양 말고 말씀하세요."

메이드가 다시 걸어갔다.

그러다 문득 뭔가가 떠올라 서둘러 그녀를 불러 세웠다.

"맞다. 저기요, 메이드 씨. 물어보고 싶은 게 있는데요."

"뭔가요?"

"이 저택 안의 열쇠 말인데, 메이드 씨가 들고 다니는 것 말고도 또 있나요?"

"여러분에게 객실 열쇠를 하나씩 드렸는데요?"

"그건 알아요. 그거 말고요. 그거 이외의 열쇠요."

"글쎄요. 사실 열쇠를 분실했을 때를 대비해서 또 다른 열쇠 꾸러미를 보관해 놨습니다. 정확한 장소를 알려 드릴 수는 없지만요."

"고마워요. 그것만 알면 충분해요. 갑자기 불러 세워서 미안합니다."

메이드는 문 앞에서 이쪽을 보며 가볍게 인사하고 식당을 나갔다.

둘만 남게 된 후로도 잠시 침묵이 이어졌다. 나는 메이드가 멀리 간 것을 확인한 후 작은 목소리로 파우치에게 이렇게 말했다.

"여벌 열쇠는 아마 창고에 있을 거예요."

"어째서 그걸 알아?"

"메이드 씨도 기억을 모두 잃고 이 저택에 왔어요. 하지만 열쇠를 갖고 있었죠. 결국 알기 쉬운 장소에 보관해 놓은 거예요. 분실했을 때를 대비하려면 열쇠를 문이 잠기는 실내에 보관할 리가 없어요. 그렇다면 공용 공간에 보관해 놓았겠죠. 그러니까 가장 유력한 후보가 창고라는 거죠."

"맞으면 극찬해 줄게."

"지금 찾으러 가죠. 어쩌면 열쇠에 흔적이 남아 있을지도 몰라요. 최근에 사용했다던가 하는."

식당을 나와서 둘이 함께 창고로 향했다.

가는 도중 나는 콧노래라도 부르듯이 혼잣말을 했다.

"열쇠 열쇠 열쇠야, 부끄러워하지 말고 당장 나오렴."

옆에서는 파우치가 스텝을 밟듯이 걸었다.

창고 앞에 도착하자 즉시 문을 열어서 불을 켰다. 난색의 전구가 방 전체를 은은히 밝히고 있었고, 바닥에는 빛의 고리가 그려졌다.

열쇠 꾸러미는 그 고리의 중심에 떨어져 있었다.

"어? 왜 이런 곳에 있지…?"

그렇게 중얼거리자 파우치가 흥분한 듯이 웃었다.

"대단해. 정말로 열쇠가 있었네. 게다가 이런 곳에 있다는 건 최근에 누가 썼다는 뜻이네."

나는 열쇠 꾸러미로 다가가 쭈그리고 앉았다.

"아니요, 전 어젯밤에도 여기에 들어왔어요. 그때는 이런 곳에 없었어요."

"그럼 그 이후에 범인이 다 쓴 열쇠를 다이내믹하게 반납했다던가?"

"다이내믹한 반납은 뭐예요? 일단 현시점에서는 왜 열쇠가 창고 한가운데에 떨어져 있는지 단정하기 어려워요. 이걸 사용한 흔적으로 파악해도 되려나…."

열쇠 꾸러미를 주워서 입구 근처에 서 있는 파우치를 봤다. 그의 등 뒤에 있는 벽을 손가락으로 가리키며 천천히 앞으로 나아갔다.

"파우치 씨, 거기에 고리가 있어요."

문 바로 옆의 벽에 놋쇠로 만든 고리가 설치되어 있었다. 그 표면에 'KEY'라고 새겨진 정성스런 필기체가 보였다. 나는 그곳에 열쇠 꾸러미를 걸었다.

"보안이 허술하네."

파우치가 그렇게 말했다.

"정말이에요. 이런 상태면 열쇠 있는 곳을 누가 알아도 이상하지 않아요. 아마 현세에서 범인이 살인을 저질렀을 때도 이 열쇠를 쓰지 않았을까요?"

"아무튼 여벌 열쇠가 있다는 걸 알아서 다행이야."

"그러게요. 사용한 흔적은 못 찾았지만 문을 잠가도 의미가 없다는 건 판명됐네요."

나는 어이없다는 듯이 말한 후 출입구를 엄지로 가리켰다.

그런 다음 우리 둘은 계단 홀로 향했다.

천국 저택의 한가운데에 위치한 계단 홀은 저택 안에서 가장 넓은 공간이다. 천창이 설치되어 있고 2층까지 훤히 트인 덕에 천장이 높고 낮에는 햇빛으로 가득 찬다. 현관에서 볼 때 오른쪽, 즉 동쪽에 여유롭게 호를 그리는 원형 계단이 있고 그 계단을 올라가면 2층 통로가 나온다. 2층 통로는 각 방으로 이어지는 것은 물론 1층에서 2층까지 트인 부분을 에워쌌고, 또 그곳에서는 1층의 모습을 내려다볼 수도 있다. 어쩐지 오페라극장을 생각나게 하는 구조다.

계단 홀에 도착하자마자 먼저 대계단을 올라갔다. 2층에서 홀 전체를 내려다보기 위해서였다. 그리고 각 방의 문을 가리키며 작은 목소리로 다시 파우치에게 설명하기 시작했다.

"저 응접실 문에서 우리가 나왔어요. 그런데 그때는 아가씨가 맞은편 문 앞에 서 있었죠. 그녀가 범인이라면 조폭 씨를 죽인 후 우리가 홀에 올 때까지 이 걷기도 힘든 원형 계단을 뛰어 내려온 게 돼요."

거기까지 말한 후 곰곰이 생각하다 파우치에게 한마디를 덧붙였다.

"어렵지 않을까요?"

파우치는 보기 드물게 진지한 눈빛으로 씨익 웃었다.

"트릭이 뭐였는지 알 것 같아."

"정말로요? 어떻게 한 거예요?"

파우치는 등 뒤에 있는 객실을 슬쩍 쳐다보고는 신중하게 말하기 시작했다.

"아가씨는 조폭 씨를 죽이고 문을 잠근 뒤 이 통로를 수직 방향으로 달려서 난간을 뛰어넘어 1층에 착지했어. 이 방법이라면 시간을 단축할 수 있지."

나는 아래층을 내려다봤다.

"저기요, 파우치 씨. 여기가 꽤 높아요. 뛰어내리면 자칫 잘못하다간 죽는다고요. 적어도 뼈가 부러질 정도로는 다칠 것 같은데요…."

"그거야 그거. 우리는 죽어도 죽지 않고 다쳐도 낫잖아. 그녀는 이 사실을 가장 빨리 알아채고 이용한 거야. 기합을 어떻게 넣느냐에 따라 상처 회복이 빨라질 수도 있지. 시험해 볼 가치는 있을 것 같아."

파우치가 기대에 차서 반짝이는 눈빛으로 이쪽을 바라봤다.

"설마 지금 저보고 뛰어내리라는 소리예요?"

"기대할게, 명탐정 씨."

"싫어요. 죽는 건 죽을 만큼 아프다고 조폭 씨도 말했잖아요."

"좋은 생각 같은데."

미간을 찌푸리는 그를 보며 나는 침착한 목소리로 잘 타이르기로 했다.

"파우치 씨, 진지하게 말하겠는데 그 방법도 어려워요. 대화를 조금 나누긴 했지만 우리가 비명을 듣고 나서 응접실을 나오는 데는 기껏해야 몇 초, 넉넉잡아도 십몇 초밖에 안 걸렸어요. 그러는 사이에 조폭 씨의 숨통을 끊고 이불을 덮은 후 문을 잠그고 흉기를 감춘 뒤에 계단까지 이동해서 거기서 뛰어내렸다? 시간상 무리라고요."

파우치는 토라진 듯이 입술을 삐죽 내밀었다.

"아, 역시 무린가."

"이 세계 특유의 현상을 이용했다는 발상은 좋은 것 같기도 하지만요."

그렇게 말하고 난간에 기댔다. 그러고 보니 이 저택에 왔을 때 조폭도 이런 식으로 난간에 기댔던 게 생각났다. 그 순간 머릿속에 뭔가가 번뜩 떠올랐다.

"조폭 씨, 조폭 씨인가, 조폭 씨네…."

"조폭 씨 이름을 그렇게 많이 부르다니 사랑에 빠지기라도 한 거야?"

"아니에요. 발상의 전환이에요. 조폭 씨의 연극이 아니었을까요?"

"뭐? 하지만 조폭 씨는 확실히 죽었다고."

"그러니까 자살한 거예요. 죽지는 못 한 것 같지만."

조폭은 그렇게 보여도 섬세한 사람이었다. 악몽을 무서워하고 주위 사람들을 이상하게 배려했다. 게다가 빨리 성불하고 싶다고 공언했다. 이 영원히 계속될지 모르는 세계를 한탄하며 스스로 죽음을 선택했다고 해도 이상할 게 없었다.

"그런데 현장에는 흉기가 없었어."

"그게 말이죠, 이 세계에는 흉기를 없애는 방법이 있어요."

파우치가 고개를 갸우뚱했다.

나는 당돌하게 웃으며 이렇게 말했다.

"일단 저 혼자 실험해 보고 싶으니까 점심 식사 후에 또 만나요. 재미있는 걸 보여 줄게요."

혼자서 주방으로 갔다. 실험하려면 적당한 칼이 필요했다.

주방에는 요리사만 있었다. 벌써 점심 식사 준비를 시작한 모양인지 파스타 기계로 뭔가를 반죽하고 있었다.

나는 그런 그에게 웃는 얼굴로 말을 걸었다.

"요리사 씨, 부탁이 있는데요."

"네. 무슨 일이시죠?"

"안 쓰는 칼을 빌려줄 수 있나요? 시험해 보고 싶은 게 있어서요."

"카, 칼을요? 시험이요?"

요리사가 대놓고 무서운 기색을 드러냈다. 지금의 상황을 고려하면 무리도 아니다. 타이밍이 안 좋다. 그렇지만 아직 자세한 내용을 공유할 수도 없는 터라 이렇게 말했다.

"요리사 씨한테 위해를 가하지는 않을게요. 좀 없애 보려고 한 것뿐이에요."

"없애 본다고요? 네? 누구를?"

"아니, 그런 말이 아니라… 확실한 건 칼이 얼마나 잘 드는지 시험하려는 게 아니라는 것만 알아줘요."

말할수록 이상해졌다. 이렇게 된 바에야 그냥 솔직히 다 털어놓는 게 좋을 것 같았다.

"아니, 사실은 살인 현장에서 흉기를 없애는 방법을 한창 찾고 있는데…"

지금 생각하는 트릭에 관해 요리사에게 작은 목소리로 설명했다.

요리사는 진지한 표정으로 몇 번이고 고개를 끄덕이며 그 이야기를 들었다.

"…알겠습니다. 그건 흥미로운 실험이네요."

"잘될 것 같아요. 그럼 칼 빌려줄 수 있어요?"

"그럼요. 맘에 드는 걸로 고르세요."

그는 조리대를 손으로 가리켰다. 나는 즉시 물색했다.

곧바로 눈에 띈 것은 벽에 걸린 손도끼 같은 칼이었다. 주방에 어울리지 않게 위험하게 생긴 칼. 두께가 있는 직사각형의 칼날에 조금 투박한 자루가 달린 것이었다. 그걸 보니 머릿속에 찌릿찌릿 통증이 느껴졌다.

"요리사 씨, 이 칼은 뭔가요?"

"부끄럽지만 저도 잘 모릅니다. 처음부터 벽에 걸려 있었어요."

"흐음…."

입가를 누르며 신음을 참았다. 그때 등 뒤에서 목소리가 들렸다.

"그건 클레버 나이프에요."

뒤돌아보니 아가씨가 찻잔을 들고 서 있었다.

"클레버 나이프? 이게 칼이야?"

"맞아요. 초퍼chopper나 식용육 식칼이라고 부르기도 하는데 일반적으로는 클레버 나이프라고 부르죠. 뼈가 있는 고기를 자르거나 대형 생선을 해체할 때 사용해요."

"아하… 왜 이 칼만 벽에 장식해 놨을까?"

"다른 식칼 종류는 조리대 밑에 있는 수납함에 들어 있어요. 하지만 클레버 나이프는 크기가 커서 거기에 들어가지 않아요. 그런 점을 고려해서 클레버 나이프는 어느 제조사에서 나온 제품이든 쇠걸이에 걸 수 있게 되어 있죠."

"과연. 그래서 이렇게 눈에 띄는 곳에 놓은 거구나…."

이게 바로 신문에 실린 커다란 칼일 것이다. 현세에서 일어난 살인에서는 이 클레버 나이프가 흉기로 쓰인 것이 분명했다.

"그런데 아가씨, 주방에 뭐 하러 왔어?"

"차를 한 잔 더 부탁하려고 왔는데 메이드 씨는 없나요?"

그 질문에 요리사가 대답했다.

"메이드 씨는 오늘 이미 자기 방으로 돌아갔습니다."

"어머, 그랬군요. 그럼 마음대로 가져가도 되겠죠?"

아가씨는 그렇게 말하더니 거침없이 찬장에서 찻잎을 꺼내 홍차를 끓였다.

그 모습을 보고 나는 문득 이렇게 물었다.

"저기, 아가씨 말이야. 이 저택에 대해 너무 잘 알지 않아?"

"그런가요? 이미 오랫동안 있어서 자세히 아는 걸지도 모르죠."

"여벌 열쇠가 있는 장소도 알고"

"여벌 열쇠요? 창고에 있었을 텐데… 어머, 혹시 절 의심하는 건가요? 기분 나빠요."

"지금은 의심하지 않아."

"지금은? 수염남 씨는 정말로 입을 다무는 게 좋겠네요. 실례할게요."

그녀는 손가락을 팔랑팔랑 흔들며 주방에서 나갔다.

요리사와 둘만 남았다. 그는 미안한 듯이 말을 걸었다.

"칼은 어떻게 할까요? 슬슬 식사 준비를 하고 싶은데요."

나는 벽에 걸린 칼을 가리켰다.

"그걸 빌릴게요. 돌려줄 수는 없겠지만요."

요리사는 흔쾌히 고개를 끄덕였다. 그 즉시 클레버 나이프를 집어서 칼끝을 페이퍼 타월로 둘둘 감아 숨겼다. 나는 그걸 가지고 방으로 돌아왔다.

방에 돌아오자마자 실험을 시작하기로 했다.

실험이라고 해도 칼을 휴지통에 넣기만 하면 되는 간단한 방법이었다.

이 세계에서는 모든 것이 원래대로 돌아오려고 한다. 더러워진 옷은 깨끗해지고 소모품은 보충되며 휴지통은 멋대로 비워진다.

조폭은 자살했다. 그러나 자존심 때문인지 그걸 숨기기 위해서 위장했다. 그는 손에 상처를 내고 이불 속으로 들어가서 작은 도끼, 또는 클레버 나이프와 같은 손도끼 모양의 칼로 자기 목을 벴다. 그러고는 목숨이 다하기 직전에 그 칼을 휴지통에 버렸다. 이거라면 그때의 현장 상황을 재현할 수 있다.

페이퍼 타월로 감싼 상태의 클레버 나이프를 나무로 만든 작은 휴지통에 던졌다. 이제 사라지기를 기다리기만 하면 된다. 경험상 계속 관찰하면 변화가 일어나지 않는다.

그렇게 생각한 나는 조금 이르지만 점심을 먹으려고 식당으로 갔다.

점심 식사는 점토 모양의 무언가였다. 맛은 그냥 그랬지만 속이 편안할 것 같았다.

여전히 분위기가 안 좋은 식사를 마치고 나는 방으로 돌아가서 휴지통을 확인했다. 그리고 그걸 들고 옆방의 파우치에게 찾아갔다.

문을 두드리자 파우치가 즉시 얼굴을 내밀었다.

"사라지지 않았어요!"

파우치가 불안한 표정을 지으며 말했다.

"수, 수염남 씨, 왜 칼이 든 휴지통을 들고 다녀? 무서워."

"말하자면 길어요. 들어 줄래요?"

"듣기는 하겠는데… 아, 아까 재미있는 걸 보여 주겠다고 한 게 설마 이거야? 별로 재미없는데."

"일단 얘기 좀 들어 줘요. 방에 들어가도 돼요?"

그의 방에 들어가자 파우치는 나에게 의자를 건네고 본인은 침대 가장자리에 걸터앉았다. 나는 등받이를 앞으로 돌리고 다리를 벌린 자세로 의자에 앉았다.

왜 휴지통을 끌어안고 비장하게 이곳에 왔는지, 그간의 경위를 설명했다. 파우치는 진지하게 귀를 기울였다.

이야기가 끝나자 그는 내가 들고 온 휴지통에 시선을 돌렸다.

"…이제 사라지지 않을까?"

"아니요. 그게 말이죠, 같이 넣은 페이퍼 타월은 사라졌어요."

"소화가 잘 안 되는 음식처럼 딱딱한 물건은 잘 안 사라지나?"

"이렇게나 시간이 걸리면 흉기 소실 트릭은 성립되지

않아요. 허탕 친 거라고요. 생각해 보면 칼이 사라질 리가 없어요. 이 세계의 변화는 원래대로 돌아가는 게 원칙이죠. 그래서 소모품은 휴지통에 버리면 사라지고 새로운 게 보충되는 거고요. 하지만 칼은 사라지지 않았어요. 그런 현상이에요."

"그럼 조폭 씨는 자살이 아니라는 말이야?"

"지금으로서는 그렇게 되네요…."

잠시 침묵이 감돌았다.

나는 기지개를 켜듯이 두 팔을 위로 쭉 뻗으며 파우치에게 말했다.

"어쩔 수 없죠! 범인이 알려 주지 않으면 진상을 알 수 없어요."

"포기하겠다는 거야?"

"네, 그래요. 두 손 두 발 다 들었어요. 조폭 씨가 푸념해서 시끄럽지만 그 사람도 결국 진상에 다가가지는 못했으니까 이젠 대충 흘려들으면 돼요. 그럼 전 보고도 할 겸 요리사 씨한테 클레버 나이프를 돌려주고 올게요. 나중에 또 봐요."

파우치는 내 말이 못마땅한 듯 보였지만 그로서도 딱히 대안이 떠오르지는 않았는지 아무런 대꾸 없이 입을 다문 채 배웅했다.

결국 그 후로도 아무것도 알아내지 못한 채 시간만 흘러갔다.

해가 서쪽으로 기울고 저녁 식사 시간이 되었다.

식당은 여전히 분위기가 가라앉아 있었다. 일대일일 때는 모두 평범하게 이야기하지만 여섯 명이 모이면 도중에 말이 끊겼다. 조폭이 언짢아 보이는 탓도 있지만 그보다 서로서로 견제하는 분위기가 감돌았다. 그건 범인을 경계하는 거라기보다 누가 먼저 시작할까, 그런 식으로 사정을 살피는 느낌에 가까웠다.

그럼에도 쓸모없는 대화가 조금이나마 오갔다.

"요리사 씨, 이 찐 고구마 맛있는데? 아삭아삭 씹히는 느낌이 아주 그만이야."

"아, 고맙습니다."

그러나 분위기는 점점 더 나빠질 뿐이었다.

더는 가만히 있을 수 없었는지 갑자기 파우치가 부자연스러울 정도로 웃으며 손뼉을 쳤다.

"여러분, 이제 범인 찾기는 단념하고 기억이 돌아오기를 기다리면 어떨까요? 언제까지 계속될지 모르는 일상을 이런 분위기로 보내기는 싫잖아요? 사이좋게 지냅시다."

아가씨가 흥미를 잃은 표정으로 적당히 말했다.

"파우치 씨는 강하군요."

"난 연장자니까…."

한창 그런 말을 주고받는데 조폭이 결심한 듯이 고개를 끄덕였다.

"파우치 씨, 안 좋은 분위기를 어떻게든 하고 싶다는 마음은 이해해. 그렇지만 범인 찾기를 단념하자는 건 반대야. 우리는 소원을 위해 존재해. 이 소원이라는 건 알다시피 진상을 밝히는 거고. 그걸 무시할 수는 없잖아. 그러지 않으면 이 세계를 만든 의미가 사라지지 않겠어?"

조폭의 의견을 듣고 나는 결국 입을 열기로 했다.

"하지만 조폭 씨, 오늘 아침에도 말했지만 아무도 조폭 씨를 죽일 수 없었다고요. 오늘 하루 여러 가지 방법을 모색해 봤지만 범인 찾기는 더 이상 무리예요."

"아니야. 마침 나한테 마음에 짚이는 부분이 있어."

모두가 조폭을 봤다.

모두의 시선이 집중된 것을 느끼고는 조폭이 천천히 말했다.

"줄곧 수상쩍다고 생각한 놈이 있거든. 아니, 수상하다기보다 이 녀석만 말이 안 돼. 자백하기를 기다렸는데 상황이 이렇게 됐으니 어쩔 수 없지."

"불가능한 범죄를 가능하게 만든 방법을 알고 있다는 뜻인가요?"

"그건 몰라."

"그럼 어떻게…"

"수염남, 넌 천국에서 일어난 사건에 지나치게 집착해. 잘 생각해 봐. 현세와 천국에서의 범인은 동일 인물일 가능성이 매우 높아. 거기까지는 이해하지? 그러면 현세의 범인을 특정하면 돼."

"오히려 그쪽 힌트가 적지 않아요?"

"잘 들어. 여긴 천국이야. 속된 말로 저세상이라고. 저세상에는 죽은 순간에 가깝아. 난 처음부터 이 자식이 범인이라고 생각했어. 우린 이 세계에 죽은 순서대로 왔다고. 마지막에 온 놈이 범인일 수밖에 없잖아."

사람들의 시선이 일제히 내 쪽을 향했다. 나는 당황한 나머지 양손을 버둥거리며 저었다.

"자, 잠깐, 진상이 그렇게 단순할 리 없잖아요?"

"수염남, 이건 미스터리 영화가 아니야. 실제 진상은 단순하다고."

조폭은 한숨을 쉬며 양 팔꿈치를 식탁에 올린 후 이어서 말했다.

"이 안에 있는 범인, 당신한테도 사정이 있겠지? 난 당신을 비난하지 않아. 안심하고 신분을 밝혀."

"범인이라니 나한테 말하는 거죠?"

"그렇게 당황하지 마. 난 화내지 않아."

"거짓말 마요. 반드시 화낼 거야. 조폭 씨는 성미가 급하니까요."

"화내지 않을 거라고 했잖아!"

"거봐요, 이렇게 화낼 거면서. 애초에 전 조폭 씨가 살해당했을 때 파우치 씨와 함께 응접실에 있었다고요."

파우치에게 시선을 보내며 도와주기를 기대했다. 그런데 파우치가 무슨 말을 하기도 전에 조폭이 말을 가로챘다.

"내 예상인데 파우치 씨, 그 시간에 응접실에 가게 된 건 수염남이 동행하자고 부탁해서 아니야? 안 그래?"

그 질문에 파우치의 눈동자가 흔들렸다.

"그러고 보니 수염남 씨가 탐험하러 가자고 불렀어…."

조폭이 '거봐라' 하는 얼굴을 했다.

"거봐. 알리바이 공작에 이용했네. 수염남, 넌 어떠한 트릭을 써서 일부러 파우치 씨를 꾀어냈어."

"어떠한 트릭이라니 너무 애매하네요."

"이를테면 너만 갖고 있는 알람 시계를 사용해서 타이머로 흉기가 날아오거나 비명이 재생되는 장치를 만든 거 아냐?"

"아니, 알람 시계는 어젯밤에 얻었어요. 메이드 씨, 맞죠?"

메이드에게 화제를 돌리자 그녀가 묘한 얼굴로 대답했다.

"어젯밤에 수염남 님의 모습을 눈으로 좇았는데 마치 처음부터 보관 장소를 알았던 것처럼 창고에서 알람 시계를 꺼냈습니다."

"잠깐만요. 메이드 씨, 그게 아니라니까요."

파우치도 이어서 말을 보탰다.

"창고라고 하니 수염남 씨가 여벌 열쇠를 찾는 방법이 뭔가 이상했어."

"파우치 씨, 왜 그런 말을 하는 거죠?"

조폭은 점점 더 으쓱거리며 몸을 뒤로 젖혔다.

"아가씨와 요리사 씨는 수염남의 수상한 행동을 못 봤어?"

아가씨와 요리사가 즉시 대답했다.

"나한테 죄를 덮어씌우려고 했어요."

"위험한 소리를 하면서 칼을 빌리러 왔습니다."

"거짓말이죠? 왜 이야기가 그렇게 되나요?"

조폭이 내게 손가락질하며 소리쳤다.

"이제 단념해. 이 세계에 마지막에 온 놈이 범인이잖아?"

나는 고개를 크게 가로저었다.

"아니에요. 정말로 아니라고요."

그러나 조폭은 들을 생각도 없이 작위적으로 한숨을 쉬었다.

"이 안에 있는 범인 말이야. 당신도 꽤 악취미네. 현세에서 살해한 방법과 똑같은 방법으로 나를 다시 죽였으니 말이야."

이리저리 생각해 봤다. 여기서 제대로 반론을 못 하면 범인이 되고 말 것이다. 최악의 경우 구속되어 자백을 강요당할 수도 있다.

나는 두 손으로 식탁을 세게 치며 외쳤다.

"말도 안 돼요!"

주위가 조용해졌다. 그와 동시에 머릿속이 맑아졌다. 기세에 휩쓸려 부정해 봤을 뿐이지만 잘 생각해 보니 정말로 조폭의 변명은 일관성이 없었다.

조폭이 싸움을 거는 듯한 눈빛을 하고 물었다.

"뭐가 말이 안 된다는 거야?"

나는 의기양양한 태도로 검지를 세웠다.

"조폭 씨가 저를 범인으로 삼는 근거는 이 세계에 온 순서죠? 죽은 순서대로 우리가 왔다, 그렇게 생각하고 있죠. 하지만 그건 말이 안 돼요."

"무슨 말이야?"

조폭이 눈을 가늘게 떴다. 다른 사람들은 잠자코 있었다.

"여기서 잠깐 정리할까요? 이 세계에 온 순서입니다. 먼저 12일 전에 메이드 씨가 온 게 맞나요?"

그렇게 말하고 메이드를 봤다.

"네. 맞습니다. 그런데 제가 알려 드린 적이 있었나요?"

"메이드 씨는 자기 힘으로 이 세계의 진리를 깨닫고 다른 사람들에게 그것을 설명했다고 했습니다. 맨 처음에 왔다는 말이 되죠. 그리고 가장 오래된 《매시신문》은 7월 20일 오전 9시 호입니다. 오늘 신문은 오후 9시 호니까 12일 전에 메이드 씨가 왔다고 생각했습니다. 그럼 그다음에 온 사람은 누구죠?"

요리사가 주뼛거리며 손을 들었다.

"그로부터 이틀 후 제가 온 것 같습니다."

메이드와 요리사가 눈짓하며 확인하듯이 서로 고개를 끄덕였다.

"다음은 저예요. 요리사 씨가 오고 4일 후라고 들었어요."

아가씨가 말했다. 그 뒤를 이어 조폭이 입을 열었다.

"그다음은 나야. 아가씨가 오고 이틀 후인 듯해. 그다음 날이 파우치 씨…."

그 말을 내가 이어받았다.

"그리고 또 그다음 날에 제가 왔죠. 이야기를 정리할게요. 이 세계에 온 순서는 메이드 씨, 요리사 씨, 아가씨, 조폭 씨, 파우치 씨, 마지막으로 저 수염남. 조폭 씨는 이게 죽은 순서와 같다고 주장하고 있어요. 결국 마지막에 살해당한 사람은 파우치 씨라고 하는 거죠. 여기서 조폭 씨한테 묻고 싶은 게 있는데, 조폭 씨는 천국에서 현세와 같은 방법으로 죽었다고 했습니다. 현세에서도 범인한테 저항했나요?"

"응? 아, 그래. 왼손으로 칼을 막으려고 했어."

"그럼 그때도 소리쳤겠네요?"

조폭은 조금 사이를 둔 후 당황해하며 고개를 끄덕였다.

"뭐, 그런 거지. 기합을 넣기 위해서. 그래 맞아. 소리쳤어."

나는 씨익 웃었다.

"그게 이상해요. 이 저택은 방음이 잘 안 돼요. 제 방의 알람 소리가 한 방 건너 옆인 조폭 씨의 방까지 들릴 정도라고요. 게다가 조폭 씨의 비명 소리는 저택 안에 울려 퍼질 정도로 컸죠. 그런데 조폭 씨 바로 다음에 살해당한 파우치 씨는 잠을 자다가 범인한테 습격당했어요. 그렇게 큰 비명 소리를 듣고 계속 잠을 잘 수 있을 리가 없잖아요."

겨우 내 말 뜻을 이해한 조폭이 즉시 반론을 시작했다.

"약을 먹여서 재운 거 아냐?"

"그것도 말이 안 되죠. 약을 먹였다면 살해당한 기억 자체가 남아 있지 않을 겁니다. 또 조폭 씨는 깨어 있었죠? 그리고 믿지 않을지도 모르겠지만 저 역시 깨어 있을 때 습격당했습니다. 파우치 씨만 약을 먹여서 재울 리가 없어요. 그래서 제가 하고 싶은 말은, 죽은 순서와 이 세계에 온 순서는 상관이 없어요. 기합을 넣은 순서 같은 게 아니라고요. 범인이 마지막에 죽었다는 건 동의하지만 조폭 씨 증언이 진실이라면 마지막에 살해당한 사람은 파우치 씨가 아니라 조폭 씨 당신입니다."

조폭은 짧게 신음했지만 그런 와중에도 호전적인 태도는 여전했다.

"수염남, 넌 언제 파우치 씨한테 죽었을 때 얘기를 들었어? 그리고 뭘 근거로 그게 진실이라고 믿는 거야? 파우치 씨가 거짓말했을지도 모르잖아. 또는 착각했을 수도 있어.

그렇게 생각하지 않아?"

그는 파우치를 노려봤다. 파우치는 갑작스러운 전개에 당황했다.

나는 조폭의 질문에 대답했다.

"파우치 씨한테 죽었을 때의 이야기를 들은 건 어제입니다. 기억을 되찾는 과정이 제 체험과 매우 비슷해서 거짓말은 하지 않았다고 판단했어요. 하지만 글쎄요. 착각할 가능성은 부정할 수 없네요. 파우치 씨, 어때요?"

파우치는 나와 조폭의 얼굴을 반복해서 번갈아 가며 쳐다봤다.

"어? 나? 이제 내가 비난당하는 거야?"

나와 조폭은 동시에 파우치를 가리키며 한목소리로 말했다.

"파우치 씨, 어떻게 살해당했어요?"

파우치는 당황해하면서도 관자놀이를 누르며 눈을 꼭 감았다.

"그날 밖에는 비가 내렸어. 실내는 어디나 할 것 없이 어둑어둑했고. 아무것도 할 일이 없던 나는 그래, 일찍 이불 속으로 들어갔어. 잠을 자다가 가슴 주변에 묵직함을 느꼈지. 그래서 눈을 뜬 거야…."

모두 그의 말에 주목했다. 파우치가 계속 말했다.

"사람 그림자가 눈앞에 있었어. 정말로 그림자였어. 얼굴은 알 수 없었지. 그 그림자는 똑바로 누운 나를 위에서 덮쳐누르는 자세를 취했어. 왼손을 내 가슴 위에 올려놓고 오른손을, 그래, 오른손에 칼을 들고 있었어. 그러고는 그 오른손을 들어 올렸어. 다음 순간…"

쿨럭, 축축한 소리가 울렸다. 파우치가 입으로 엄청난 양의 피를 토한 것이다. 그뿐만 아니라 목 언저리에 일직선의 균열이 생겼다. 그 균열은 점점 두꺼워지고 깊어져서 마침내 목의 피부 조직이 적나라하게 드러났다. 피가 줄줄 흘러나왔다.

파우치가 의자에서 굴러떨어져 바닥 위에 쓰러졌다.

아가씨가 비명을 질렀다. 메이드와 요리사는 몸을 떨었다. 나와 조폭은 위를 보며 쓰러진 파우치의 옆에 쭈그리고 앉았다.

"정신 차려! 파우치 씨, 기합을 넣어!"

우리 둘은 열심히 파우치의 몸을 흔들었다. 그러자 그가 아무 일도 없었다는 듯이 윗몸을 일으켰다.

"그래. 난 역시 잘 때 습격당한 것 같군."

"지금은 그런 말을 할 때가 아니에요. 파우치 씨, 당신

방금 죽었다고요!"

"죽었지. 나도 깜짝 놀랐어."

그 무사태평한 얼굴을 보니 웃음이 날 것 같았다.

나는 일어서서 배를 잡고 큰소리로 웃었다.

그러고는 마지막으로 이렇게 말했다.

"시시한 진상이네."

메이드가 고개를 갸웃했다.

"무슨 말씀이시죠?"

파우치에게 손을 내밀어 일으켜서 의자에 앉혔다. 조폭도 자리로 돌아갔다. 모두 진정하고 앉아 있는 모습을 확인한 후 나는 느릿느릿 걷기 시작했다.

"이쪽 세계에 온 지 얼마 안 됐을 때인데 제 몸에 무슨 일이 일어났는지 기억해 내기 위해서 살해당한 순간에 대해 눈을 감고 생각한 적이 있어요. 그랬더니 목에 통증이 느껴지고 피가 살짝 났습니다. 그때는 아직 상처가 완전히 낫지 않았다고 생각했는데 지금 생각해 보면 그럴 리가 없잖아요? 이 세계에서는 상처가 즉시 나으니까요. 그럼 무슨 일이 일어났던 걸까요? 지금의 파우치 씨를 보고도 모르겠어요?"

다섯 명의 얼굴을 봤다. 생각에 잠긴 모양이었다. 그래서 검지를 세우고 설명했다.

"이 세계에서 우리의 상태는 정신에 의존하고 있어요. 기합을 넣은 것만으로 되살아나니까 확실하죠. 기합으로 되살아난다면 그 반대도 같아요. 우리는 죽었을 때를 강하게 떠올리면 죽는 겁니다."

사람들 사이에 동요가 퍼지고 있음을 느꼈다. 나는 살짝 웃었다.

"자, 본론인 조폭 씨의 죽음에 관해서 말인데요. 조폭 씨는 어제 아침에 악몽을 꿨다고 했습니다. 비가 억수로 쏟아지는 가운데 어두운 방에 혼자 있는 꿈을 꿨죠. 비가 억수같이 내리는 상황은 우리가 현세에서 살해당했을 때의 일이잖아요. 이런 말이 어떨지는 모르겠는데, 조폭 씨는 섬세한 면이 있어요. 아무래도 지금 상황이 정신적으로 힘든 나머지 꿈에 살해당했을 때가 나온 것 같네요. 그리고 아침 식사를 마친 후 객실로 돌아가 잠을 잘 때 그 꿈을 이어서 꿨죠. 그 꿈이 결과적으로 조폭 씨의 목을 베었어요. 결국 조폭 씨를 죽인 범인은 악몽입니다."

조폭이 당황한 듯 중얼거렸다.

"악몽? 그럴 리가 없는데…."

그런 조폭의 얼굴을 가리키며 내가 물었다.

"그럼 질문할게요. 조폭 씨가 이 천국에서 살해당했을 때 방 안은 밝았습니까? 아니면 어두웠습니까?"

그는 초점을 잃은 눈을 부릅뜬 채로 불쑥 한마디를 흘렸다.

"어, 어두웠어."

나는 계속해서 말했다.

"그럴 리 없잖아요. 조폭 씨의 방이 북쪽이라고는 해도 그 시간, 방 안은 창문으로 들어오는 빛으로 밝았어요. 살해당했을 때 방이 어두웠다고 하면 그건 천국에서의 일이 아니라 악몽의, 악몽에서의 사건입니다."

모두 아무 말도 하지 않았다. 나는 모두의 얼굴을 바라보고 양손을 펼쳐서 조용히 말했다.

"이의 있습니까?"

식당 안에 정적이 감돌았다.

잠시 시간이 지나자 조폭이 고개를 숙였다.

"미, 미안해. 아직 좀 받아들이기 힘들지만 아무래도, 그래, 나쁜 꿈을 꾼 모양이야. 이런 일로 폐를 끼쳐서 미안했어…."

그의 옆자리에 앉은 파우치가 붙임성 있게 웃어 보였다.

"괜찮아. 이미 해결했으니까 신경 안 써도 돼. 난 생각했어. 이 천국에, 이 천국에서, 살인하는 사람 같은 건 없다고 말이야."

마음이 복잡해졌다. 다른 사람들 쪽으로 시선을 돌리자 모두 같은 심정인지 표정들이 하나같이 어두웠다. 그래도 아무도 냉담한 말은 하지 않았다.

파우치가 손뼉을 크게 쳤다.

"자, 여러분. 지금부터는 사이좋게 지냅시다."

그러고는 손가락으로 사각형 프레임 모양을 만들어 그 사이로 이쪽을 바라봤다.

"그건 그렇다 치고 수염남 씨, 당신 정말로 명탐정 같아."

나는 어깨를 으쓱했다.

"연기하고 있을 뿐이에요. 그런데 파우치 씨는 그 포즈를 자주 하네요? 생전에 카메라맨이었던 게 아닐까요?"

"카메라맨? 이걸 말하는 거야?"

그가 셔터를 누르는 포즈를 취하며 고개를 갸웃했다.

"…난 카메라맨은 아닌 것 같아. 굳이 따지자면 움직이는 영상을 만들고 싶어… 그래, 난, 난 말이야. 영화를 찍고 싶었어. 영화를 찍고 싶었다고."

조폭이 평온한 어조로 혼잣말을 했다.

"여기는 소원을 들어주는 세계야. 어떻게든 되지 않을까?"

나는 메이드에게 시선을 돌렸다.

"메이드 씨, 이 저택에 비디오카메라는 없나요?"

"비디오카메라는 없습니다. 텔레비전도 없는 저택이라서요."

대화를 들은 파우치가 섭섭한 듯한 표정을 지었다.

"어쩔 수 없네. 비디오카메라만 있으면…."

그때 어디선가 소리가 났다. 뭔가가 쓰러지는 듯한 소리였다. 여섯 명은 숨을 죽였다. 다른 누군가가 존재할 가능성이 머릿속을 스쳤다.

요리사가 몸을 웅크리고 소곤거렸다.

"창고 쪽에서 들렸습니다."

모두 동시에 고개를 끄덕이며 소리의 정체를 확인하기 위해 창고 쪽으로 향했다. 여섯 명이 함께 신중하게 홀을 빠져나가 창고 앞에 섰다. 조용히 문을 열고는 불을 켰다.

창고 한가운데에는 비디오카메라와 쓰러진 삼각대가 놓여 있었다.

다섯.　한가로운 시간

파란 하늘을 올려다보며 혼잣말을 중얼거렸다.

"범인은 왜 그런 흉기를 사용했을까…."

현세의 살인에서 쓰인 흉기는 클레버 나이프가 분명했다. 범인은 그 손도끼 같은 예리한 칼로 내 목을 단숨에 베었고 조폭의 목도 베었다. 그렇게 생각하는 게 타당했다. 그러나 왜 그런 방법을 선택했을까? 단지 죽이는 게 목적이었다면 일반적인 식칼이 더 편리하지 않았을까? 부위도 가슴이나 배를 찌르는 게 확실히 더 편할 것 같았다. 어쩌면 목을 베는 것 자체가 목적이었을까? 그래서 클레버 나이프를 주방까지 가지러 갔다. 그 정도로 눈에 띄는 장소에 놓여 있다면 즉시 찾았을 것이다.

"아냐, 반대야. 역시 죽이는 게 목적이야…."

그렇게 중얼거렸을 때 목소리가 들렸다.

"해변에 떠내려온 시체 발견."

아가씨의 목소리다. 그녀는 양손을 허리에 대고 이쪽을 내려다봤다. 형광 오렌지 컬러의 비키니 차림이었다.

우리는 바다에 놀러 왔다.

"해변에 떠내려온 시체라니, 날 말하는 거야? 말이 심하네."

에어 매트에 똑바로 누운 채로 아까까지 물 위에 둥실둥실 떠 있었는데, 생각하는 동안 해안에 닿은 모양이다.

"수염남 씨, 모처럼 바다에 왔으니까 사건은 잊어."

"그렇기는 해도 우리의 소원은…."

"아아, 더는 듣고 싶지 않으니 그만해요. 오늘의 목적은 노는 거잖아요?"

아가씨 말이 맞았다. 오늘은 정말로 놀기 위해서만 바다에 왔다.

사건의 발단은 어젯밤으로 거슬러 올라간다.

조폭 살해 사건이 해결된 후 파우치가 비디오카메라를 소망하자 창고에 그 바람대로 비디오카메라가 나타났다. 내가 겪은 알람 시계와 여벌 열쇠가 나타난 현상도 함께 고려하면 창고에는 마음 속으로 바라는 물건이 나타난다는 가능성을 떠올릴 수 있었다. 그 발견을 계단 홀에서 모두에게 전하자 즉시 조폭이 참배하러 가기라도 하듯이 창고에 가서 손을 모으며 "만년필을 줘"라고 했다. 그러자 보기 좋게 그 소원이 이루어졌다. 창고 문을 열고 불을 켜자 바닥 한가운데에 잉크를 채워 넣은 검은 만년필이 놓여 있었다.

소원이 이루어지는 세계. 괜한 소리가 아니었다. 다만 욕망을 채우기 위해 무작위로 출현 현상을 이용하면 순식간에 저택은 물건으로 넘쳐 나고 말 것이다. 그래서 대화가 이뤄졌고 앞으로 물건은 우선순위를 정해 모두의 동의를 받은 뒤 출현시킨다는 규칙이 마련되었다. 그렇게 해서 지금 가장 필요한 물건이 수영복이라는 결론에 이르렀다.

대화에 참여한 남성 J씨(조폭)의 증언.

"여기는 아름다운 바다에 둘러싸인 무인도야. 수영하지 않다니 아깝잖아."

대화에 참여한 여성 A씨(아가씨)의 증언.

"천국 저택은 해변 리조트 부지에 세운 서양식 저택이라고요. 올바른 용도로 이용해야 해요."

대화에 참여한 남성 P씨(파우치)의 증언.

"화면이 잘 받는 걸 찍고 싶어. 그래서 조금은 매력이 있으면 좋겠는데."

규칙을 마련했더니 욕망은 방류했다. 수영복이 정말로 필요한지 의문이 남기는 하지만 그 정도라면 부피가 늘 일은 없겠다 싶어 이의는 제기하지 않았다. 그러나 막상 뚜껑을 열어 보니, 아니, 창고의 문을 열어 보니 그곳에는 수영복뿐만 아니라 튜브, 비치 타월, 에어 매트, 덱 체어부터 비치 파라솔에 이르기까지 바다에서 놀기 위한 도구가 세트로 갖춰져 있었다. 그 도구들을 갖고 싶어 한 이를 특정하기란 살인범을 찾기보다도 어려웠다. 특정했다고 해도 이미 솟아난 도구를 없애는 방법을 알 수 없었다. 결국 그 도구들을 사용해 내일은 바다에 나가 놀자고 이야기되었다.

나, 아가씨, 파우치, 조폭까지 네 사람은 아침 식사를 마치자마자 바다로 나갔다. 메이드와 요리사는 식사 자리를 정리하기 위해 저택에 남았다.

나는 에어 매트에 엎드려 누운 채 다시 하늘을 올려다봤다.

"놀고 싶다는 바람은 이루어졌어. 생각해 보면 사건이 일어난 날은 비가 억수로 쏟아졌는데 이쪽 세계는 늘 맑잖아. 이것도 우리의 바람 때문인 걸까?"

옆에 서 있던 아가씨도 하늘을 올려다봤다.

"그렇겠죠. 맑은 날씨를 보고 싶다는 공통 인식이 이 하늘을 만들었어요."

그러고는 눈부신 듯 손으로 하늘을 가렸다.

그런 그녀 쪽으로 카메라를 들이대는 인물이 있었다. 물론 파우치였다.

"아가씨도 보기 좋네. 수염남 씨한테 밀리지 않아."

그가 들고 있는 비디오카메라는 휴대할 수 있는 타입의 국민 카메라였다. 하지만 파우치가 말하기를 4K에 상응하는 고해상이면서 색 영역이 넓은 기종이라 개인이 영상 작품을 만들기에는 충분한 성능이라고 했다.

아가씨가 두 팔을 머리 뒤로 올리고는 카메라를 향해 자세를 취했다.

"제가 영화 주인공인가요?"

나는 그 모습을 올려다보며 천연덕스러운 태도로 말했다.

"아가씨 수영복은 한 10년 전쯤 유행한 그라비아 아이돌 수영복 같아. 왜 있잖아, 맥주 포스터에 있는 느낌의…

그런 걸 정말로 입는 사람이 있구나."

아가씨가 팔을 내리고 미간을 찌푸렸다.

"수염남 씨는 왜 쓸데없는 말을 하는 거죠? 그런 특수 기능이에요? 어딘가에서 자격증이라도 땄어요?"

"…아, 미안. 하지만 너도 말이 좀 심하네."

"자자, 둘 다 싸우지 마. 이제 곧 조폭 씨가 또 도전할 것 같으니까 그걸 다 함께 응원하자고."

그렇게 말하며 파우치는 카메라를 바닷가 쪽으로 향했다. 그곳에는 서프보드 위에서 갓 태어난 산양처럼 다리를 떠는 조폭이 있었다.

조폭이 이쪽을 가리켰다.

"이봐! 모두 잘 봐 둬. 이번에야말로 크아아아아…."

그가 맥없이 파도에 휩쓸렸다.

나는 기가 차다는 듯이 말했다.

"서핑이 저런 스포츠였어?"

아가씨가 질문에 답했다.

"더우니까 물에 들어간 게 아닐까요?"

잠시 후 조폭이 서프보드를 끌어안고 달려왔다.

"어이, 그 관심 없다는 얼굴은 뭐야. 좀 더 진지하게 응원하라고. 당신들이 나보고 서퍼라고 했잖아!"

나는 엎드려서 팔꿈치를 괴고 얼굴을 들었다.

"아니, 단정하지는 않았어요. 조폭 씨는 성격이 조폭 같지 않으니까 겉으로 봤을 때 생전의 직업을 예상했을 뿐이잖아요."

"맞아요. 겉모습만 보면 서퍼 같잖아요, 헤어스타일도 그렇고."

조폭은 못마땅하다는 듯한 얼굴을 했다.

파우치가 그런 그를 달래듯이 웃는 얼굴로 말했다.

"조폭 씨, 안심해. 좋은 그림 잘 찍었으니까."

그 말이 타격을 줬는지 조폭은 점점 더 언짢은 듯한 표정을 지었다.

"이번에야말로 멋진 모습을 보여 주겠어. 파우치 씨, 멋진 모습을 찍어 줘."

그렇게 말하고 조폭이 자리를 떴다. 파우치가 그 뒤를 따랐다.

조용해지자 아가씨가 먼 곳을 보며 중얼거렸다.

"아, 메이드 씨와 요리사 씨네요."

아가씨의 시선 끝에는 이쪽을 향해 자갈길을 걸어오는 두 사람의 모습이 있었다.

"의외네. 바다에는 오지 않을 줄 알았어."

그렇게 말하자 아가씨가 내 옆에 엎드려 얼굴을 가까이 대고 속삭였다.

"있잖아요, 저 두 사람이 수상하지 않아요?"

"수상하다니, 공범이라는 소리야?"

"어휴, 정말. 얘기가 왜 또 그렇게 흘러요. 아니에요. 저 두 사람이 늘 함께 있다고요. 사귀는 게 아닐까요?"

"사귀다니. 함께한 지가 2주밖에 안 됐잖아?"

"생전에요. 생전에는 연인 사이가 아니었을까요?"

"아, 그거라면 말이 되네."

그러자 문득 뭔가가 떠올랐다.

"맞다, 생전이라고 하니 아가씨는 천국 저택의 집주인이 아니었어? 역시 저택에 대해 여러모로 너무 자세히 아는 것 같은데."

"제가요? 수염남 씨, 천국 저택에 사는 사람은 세 사람뿐이잖아요. 집주인인 구니사와 아키오와 아들인 하루토, 나머지는 메이드 씨. 제가 있을 리가 없잖아요."

"매스컴에는 알려지지 않은 숨겨진 자식 아냐? 생각해 봐. 아들 하루토는 40대 후반일 가능성도 있어. 아가씨 같은 10대 딸이 있었다고 해도 이상하지 않잖아."

"그렇게 따지면 나이를 고려해 제 아버지로 가장 가능

성 높은 건 파우치 씨가 되는데, 뭔가 기분 나빠요."

"왜? 파우치 씨 매우 착한 사람인데?"

"착한 사람인 건 알지만 조금 나사가 빠진 것 같잖아요…."

아가씨가 그렇게 말했을 때 머리 위에서 목소리가 들려왔다.

"한 매트에 둘이 눕다니 사이가 좋으시군요."

어느샌가 바로 가까이에 아이스박스를 든 메이드가 서 있었다.

나는 일어나 허둥대며 변명했다.

"아니, 그게 말이죠. 사이는 전혀 좋지 않아요. 깜짝 놀랄 정도로."

메이드는 살짝 미소를 지으며 덱 체어 근처에 아이스박스를 내려놨다.

"차가운 음료를 가져왔습니다. 다 함께 드세요."

"아, 고맙습니다."

메이드의 행동을 눈으로 좇았다. 그녀는 프릴이 달린 검은색 투피스 수영복을 입었다. 메이드 복장일 때는 연약해 보이는 인상이었는데 수영복을 입으니 굳이 말하자면 통통한 쪽에 속했다. 스타일이 좋다는 것은 아니지만 여성적인 모습이었다. 그건 그렇고, 뭔가 엄청나게 시선을 사로잡는 게 있었다. 도무지 수영복에 어울리지 않는 것이.

"메이드 씨, 왜 머리 장식을 단 채로 왔어요?"

메이드가 뭐가 문제냐는 듯한 얼굴을 하고 머리에 손을 댔다.

"화이트 브림 말인가요?"

"그런 명칭이군요. 몰랐어요. 그래서 이유가 뭐예요?"

"정체성이라고 하면 될까요? 메이드임을 나타내는 기호를 버릴 수 없다는 기분이 들었습니다."

온전히 이해할 수는 없었지만 일단은 고개를 끄덕이고 요리사 쪽으로 시선을 돌렸다.

"흐음, 그래서 요리사 씨도 그런 모습입니까?"

요리사는 팬티형 수영복을 입었다. 편한 반바지 스타일의 수영복을 입은 다른 남자들과는 달리 그 혼자만 몸에 딱 맞게 입었다. 게다가 머리 위에는 요리사 모자가 있었다.

"저한테 요리사 모자는 자랑이라서요."

"그렇군요."

맞장구를 치기는 했지만 역시 두 사람의 가치관을 이해하기 어려웠다. 나는 다시 한번 메이드에게 시선을 돌리고 그 부자연스러운 모습을 찬찬히 바라봤다.

그러자 아가씨가 대화에 끼어들었다.

"징그러운 눈으로 메이드 씨를 보지 말아 줄래요? 메이드 씨는 제 거니까요."

아가씨가 메이드를 뒤에서 껴안았다. 메이드의 표정에는 변함이 없었다.

"당신들이 그런 친밀한 사이인 줄 몰랐어."

"메이드 씨가 사랑스러운걸. 그러니까 내 거야."

아가씨가 요염한 눈빛으로 이쪽을 뚫어지게 바라봤다.

그녀의 말과 행동에 이번에는 요리사가 나섰다.

"아닙니다. 메이드 씨는 제 거예요."

그 순간 분위기가 싹 굳었다.

내가 부자연스럽게 웃으며 말했다.

"아하하, 요리사 씨도 그런 농담을 하는군요."

"아니요, 농담이 아니라 메이드 씨만큼 우수한 사용인은 없습니다. 늘 절 도와주는걸요. 함께 일하는 사이로 놓치고 싶지 않습니다."

"아, 아아, 그런 의미예요? 깜짝 놀랐네."

아가씨와 나는 서로 시선을 주고받으며 함께 어깨를 으쓱였다.

메이드가 무슨 일이 있었냐는 듯한 얼굴로 요리사에게

가볍게 인사했다.

그런 이야기를 주고받고 있는데 멀리서 조폭의 목소리
가 들렸다.

"꺄아아아아···."

모두 바다 쪽을 쳐다봤다. 메이드가 중얼거렸다.

"대체 뭘 하고 계시는 건가요?"

"서핑인 듯해요."

잠시 후 조폭이 서프보드를 안고 달려왔다.

"봤어? 실력이 조금 늘었어!"

나는 관심 없는 얼굴로 대답했다.

"아, 미안해요. 떨어지는 것만 봤어요. 그리고 도전이 끝
날 때마다 일부러 여기까지 돌아오지 않아도 되는데요."

"뭐? 수염남, 넌 진짜 재수가 없어!"

그렇게 비난하던 조폭은 주위를 둘러보고 호흡을 가다
듬으며 말을 이어 나갔다.

"좋았어, 여섯 명이 다 모인 것 같네. 그럼 3대 3 비치
발리볼을 하자. 진 쪽이 점심 식사를 준비하는 게 어때?"

결론부터 말하자면 큰 점수 차로 졌다.

나, 메이드, 요리사 팀 대 조폭, 아가씨, 파우치 팀. 상대

는 30대 중반 이상으로 보이는 남성 두 명과 10대 후반으로 보이는 여성 한 명. 그와 비교해서 이쪽은 세 명 다 20대일 가능성이 있는 조합이었다. 체력적인 점을 고려하면 유리하게 느껴졌다. 그러나 의외로 최고 연장자이면서 뚱뚱한 파우치가 제일 날렵했다. 21점을 먼저 딴 팀이 승리하는 원 세트 매치에서 우리 팀은 점수를 거의 얻지 못한 채 패했다.

이긴 팀의 제안으로 점심 식사는 해변에서 먹을 수 있는 정크 푸드로 정해졌다. 요리사가 조리하지 않고 창고에 주문하려는 계획이었다.

"그럼 제가 음식을 가지고 올게요."

나는 그렇게 말하고 즉시 혼자서 저택으로 가려고 했다. 평소에는 메이드와 요리사가 잡무를 봤으니 이런 날 정도는 쉬게 하자고 배려한 것이다.

그런데 조폭이 쓸데없는 짓을 했다.

"미안해. 아무래도 맥주가 마시고 싶어져서 대량으로 발주했을지 몰라. 일부러 그런 건 아니야. 나도 모르게 창고를 향해서 마음속으로 빌었어…."

그 발언 때문에 메이드가 따라왔다.

"짐이 많을 것 같으니 제가 함께 가겠습니다."

이어서 요리사도 손을 들었다.

"그렇다면 저도 함께 가겠습니다."

결국 진 팀이 하나가 되어 짐을 운반하는 그림이 되었다. 그러자 메이드가 흥이 깨진 표정으로 요리사를 향해 말했다.

"아니에요. 두 사람이면 충분합니다. 요리사 님은 해변에서 쉬세요."

요리사가 순간적으로 당황한 것처럼 보인 건 기분 탓이었을까. 그가 억지로 웃어 보였다.

"아, 네. 그럼 그 말대로 할까요…?"

그렇게 해서 메이드와 단둘이서 저택으로 돌아오게 되었다.

자갈길 위를 걸었다. 메이드는 말이 없었다. 얼굴을 흘 끗 엿봐도 평소처럼 무표정이라 무슨 생각을 하는지 알 수 없었다.

어색한 나머지 내가 적당히 말을 꺼냈다.

"메이드 씨는 바다에 오지 않을 줄 알았습니다. 하물며 비치 발리볼에 참여하다니."

그녀가 시선을 정면에 고정한 채 입을 열었다.

"왜 그렇게 생각하시죠? 저도 노는 것 정도는 합니다."

"그야 그렇겠지만 왠지 모르게⋯."

더더욱 어색해졌다. 다시 무언의 시간에 돌입했다.

얼마 안 있어 저택이 보였고, 나는 이때다 싶어 다시 한 번 메이드에게 말을 걸었다.

"그러고 보니 아까는 왜 요리사 씨의 신청을 거절했나요?"

"요리사 님에게도 말했듯이 둘이면 충분하다고 생각했기 때문입니다." 그렇게 말하는 메이드에게 나는 스스럼없는 태도로 이렇게 다시 물었다.

"정말로 그뿐인가요?"

"어떤 의도로 하는 질문이죠?"

"메이드 씨는 늘 요리사 씨와 함께 행동하는 것 같으니까 짐 운반도 함께하고 싶은 게 아닌가 생각했거든요. 싸우기라도 했어요?"

"아니요, 싸우지 않았습니다. 평소에 제가 요리사 님과 함께 행동하는 것은 그분을 보면 걱정이 되기 때문입니다. 도울 일이 없으면 함께 있지 않습니다."

확실히 그 말도 일리가 있다. '그' 요리사를 방치해 두기라도 했다간 자칫하면 주방에 불이 날지도 모를 일이다.

"뭐 그 말을 이해 못 하는 것도 아니지만⋯."

"아니지만?"

메이드가 이쪽을 보며 고개를 갸웃했다. 탐색하는 듯한 눈빛을 하고 있었다.

돌려 말하는 데 실패했다. 생각해 보니 딱히 감출 일도 아닌 듯해 아가씨와 말한 내용을 전하기로 했다.

"사실은 아가씨와 생전의 예상을 했거든요. 그래서 메이드 씨와 요리사 씨가 한때 사귀는 사이가 아니었을까, 하는 이야기를 했어요."

그녀는 순간 생각하는 척을 하더니 이내 이쪽을 가만히 바라봤다.

"그럴 가능성은 없습니다."

"단호하시네요."

"네. 그분에게 관심이 없거든요. 오히려 전⋯."

그렇게 말하며 갑자기 메이드가 나를 껴안았다.

"자, 잠깐만, 어? 뭐 하는 거예요?"

소나무 숲의 푸른 향기와 정원의 장미향이 서로 섞이는 경계에서 가슴에 뜨거운 체온이 느껴졌다. 그와 동시에 내 머릿속 한편에 한 가지 가능성이 떠올랐다.

생전에 교제한 것은 나와 메이드일지도 모른다.

그건 아무런 증거 없는 망상이라고 할 수도 있겠으나

나를 껴안은 이유가 될 수도 있다는 기분이 들었다. 그래서 나는 그녀의 등에 팔을 두르려고 했다. 그 순간 메이드가 나를 강하게 밀쳤다. 날 가지고 논 건가 싶어서 그녀의 얼굴을 살폈다.

겁에 질린 표정이었다. 메이드는 떨리는 입술로 작게 말했다.

"당신은 누구…."

"뭐라고요? 이제 와서?"

곧바로 되물었지만 메이드는 시선을 떨어뜨리고 고개를 가로저을 뿐이었다.

"아니야, 뭔가가 달라…."

그녀가 온몸을 덜덜 떨었다. 나는 그런 메이드의 양 어깨를 붙잡았다.

"메이드 씨, 정신 차리세요."

메이드는 어느 정도 냉정함을 되찾았는지 등을 곧게 펴고 고개를 숙였다.

"죄송합니다. 기억이 혼란해서… 정말로 죄송합니다. 컨디션이 안 좋아서 오늘은 먼저 방으로 돌아가겠습니다. 다른 분들께도 그렇게 전해 주세요."

"아, 그래요? 알겠습니다. 식사 준비는 맡겨 주세요. 몸

조리 잘하시고요."

메이드는 한 발 뒤로 물러나 양손을 앞으로 포개고는 다시 고개를 깊이 숙였다. 그러고는 저택으로 뛰어갔다.

결국 돌고 돌아 처음 예정대로 나 혼자서 짐을 옮기게 되었다.

창고 문을 열자 그곳에는 컵라면과 레토르트 카레, 스낵 과자 등이 산더미처럼 놓여 있었다. 그뿐만이 아니다. 캔 맥주가 가득 찬 상자가 여러 개나 쌓여 있었다. 역시 너무 많이 주문했다. 여섯이서 먹고 마실 양이 아니었다. 그렇 다고 이 중에서 각자의 기호를 추측해 골라 가기에는 일 이 너무 귀찮아질 것 같아 일단 끌차에 다 실었다.

해변으로 돌아가자 모두가 나를 박수로 맞아 줬다. 요 리사만이 걱정스러운 얼굴로 메이드의 부재에 대해 묻기 에 나는 짧게 대답했다.

"컨디션이 안 좋은 것 같다면서 먼저 방으로 돌아갔어요."

그러자 활기찬 분위기가 살짝 누그러들었다.

파우치와 아가씨가 작은 목소리로 말했다.

"천국에서도 컨디션이 나빠지는 경우가 있네."

"정신의 영향을 받기 쉬우니까 오히려 몸이 쉽게 안 좋 아질 수 있어요."

맞는 말이다. 죽음을 떠올리는 것만으로 죽음에 이를 수 있는 세계. 그런 까닭으로 이 세계에서는 사고나 병보다 정신을 제어하는 일이 매우 중요했다.

"잠깐 보고 오겠습니다. 신경이 쓰여서요."

요리사가 말했다. 그런 그에게 아가씨가 질린 듯한 기색으로 말했다.

"남자가 가 봤자 뭘 할 수 있겠어요. 제가 갈게요."

아가씨가 경량 패딩을 걸치고 저택으로 향했다.

그렇게 해서 남자들만 남았다. 기분 나쁜 정적이 희미하게 흘렀다.

그런 가운데 조폭이 제안했다.

"밥을 먹고 나면 돌아갈까?"

모두 입을 다문 채 어색하게 고개를 끄덕였다.

저택에 돌아온 뒤로 나는 방에 틀어박혔다.

재빨리 옷을 다 갈아입고 침대에 누웠다. 바다에 들어간 뒤라 샤워를 하고 싶었지만 이미 몸은 청결한 상태로 돌아온 모양이라 끈적거림이나 바다 내음도 전혀 남아 있지 않았다. 다만 메이드의 감촉만이 희미하게 남았다.

그녀와의 일을 다시금 떠올렸다. 메이드는 어떤 의미로

그런 행동과 발언을 했을까? 생전에 나와 그녀 사이에 무슨 일이 있었다고 생각하는 게 타당했다. 그러나 아무것도 생각나지 않았다. 기억을 끄집어내기 위한 실마리를 찾으려 애쓰며 눈을 감고 이리저리 생각했다.

아침부터 논 탓인지 곧 졸음이 쏟아졌다.

꿈과 현실이 뒤섞이는 가운데 순백의 옷을 입은 두 인물이 보였다. 두 사람은 행복한 듯이 웃었다. 주위에 박수 소리가 울려 퍼졌다.

그 영상에 노이즈가 생기고 장면이 바뀌었다. 어슴푸레한 방이었다. 촛대형 벽등이 빛을 비추고 한 인물의 모습이 떠올랐다. 거울 속에 비친 그 인물은 잘 아는 얼굴이었다. 그 인물에게 뭔가를 물었던 것 같다.

그러자 이런 대답이 돌아왔다.

─사소한 축복을 위해서야.

그 인물은 손에 희미하게 빛나는 클레버 나이프를 쥐고 있었다.

문을 두드리는 소리가 들렸다. 나는 눈을 뜨고 당황한 채로 윗몸을 일으켰다.

"아파…."

목이 살짝 찢어진 듯해서 가볍게 기침을 하자 입안에 피 맛이 느껴졌다.

또다시 문을 두드리는 소리가 났다. 이 소리는 꿈속에서 나는 게 아닌 모양이다. 나는 일어나서 문을 열었다. 파우치가 서 있었다.

"아 수염남 씨, 잤어? 미안해, 깨웠나 보네."

"아니에요, 덕분에 살았어요. 이상한 꿈을 꿔서 하마터면 목이 베일 뻔했어요."

"그럼 내가 생명의 은인이네."

그는 그렇게 말하고 씨익 웃었다.

"그런데 파우치 씨, 무슨 일이에요?"

"아, 지금 조폭 씨와 요리사 씨랑 함께 창고 실험을 하고 있거든. 수염남 씨도 참가하고 싶지 않을까 해서 부르러 왔어."

나는 대충 고개를 끄덕이고는 파우치를 뒤따라가기로 했다.

창고의 풍경은 가관이었다. 텔레비전, 냉장고, 모터바이크, 화이트보드, 서적류 여러 권, 수박과 사과 등 물건들이 넘쳐 나 아무렇게나 쌓여 있었다.

"자, 잠깐만. 이게 어떻게 된 일이에요?"

나 혼자 투덜거리자 수첩에 뭔가를 적은 조폭이 이쪽을 보며 자랑스럽게 웃었다.

　"수염남도 왔어? 이제 창고의 특성을 대체로 파악했다고."

　"특성이라니 그 전에 이거 다 어떻게 할 거예요? 마음대로 물건을 불러내지 않는다고 정했잖아요. 이 꼴을 보면 메이드 씨가 기분 나빠할 것 같네요."

　"실험을 위한 희생이야. 진상을 파헤치는 데 도움이 되는 방법을 찾고 있었다고."

　"그래서 찾았어요?"

　내가 어이없어하며 묻자 조폭은 복잡한 표정을 지었다.

　"지금 당장 도움이 되는가… 하면, 그것 또 잘…. 뭐 일단 내 설명을 들어 봐."

　조폭이 손에 든 수첩을 보며 다음과 같이 설명했다.

- ○ 너무 큰 물건은 나타나지 않는다. 구체적으로는 문 크기가 한계의 기준이 된다. 바이크나 냉장고는 나타났지만 자동차와 조립식 주택은 나타나지 않았다.
- ○ 존재하지 않는 물건은 나타나지 않는다. 예를 들면 무엇이든지 뚫는 창과 타임머신 등은 나타나지 않는다. 미래의 신문도 마찬가지.

○ (사용자, 혹은 소원을 빈 사람이) 잘 알지 못하는 물건도 나타나지 않는다. 범인의 얼굴 사진, 읽은 적 없는 서적, 모 나라의 병기 모두 나타나게 할 수 없었다.

○ 생물은 기본적으로 나타나지 않는다. 개와 고양이 등 동물은 완전히 불가능하다. 식물은 꽃, 잎 등 부위별로 나타나게 할 수 있지만 싹 등 뿌리가 달린 것은 식용 목적이라고 해도 구할 수 없다.

○ 통신기기는 나타나게 할 수 있지만 전파는 송수신할 수 없다. 태블릿, 컴퓨터, 텔레비전 모두 전원은 켜지지만 기계 내부 프로그램을 사용하는 데 한정된다.

○ 본래 부지 내에 존재하던 물건은 현재 장소에서 창고로 이동할 뿐이다. 여벌 열쇠가 나타난 것이 이에 해당한다. 즉 비품을 무한으로 증식시킬 수는 없다.

조폭은 설명을 마치고는 의견을 구했다.

나는 손으로 입을 막으며 신음 소리를 참았다.

"…으음, 결국 쓸 만한 필살기 같은 건 죄다 봉인되었다는 느낌이네요."

그렇게 대답하자 그도 같은 생각이었는지 고개를 여러 번 끄덕였다.

"맞아. 어제는 놀라운 마법의 힘을 얻었다고 생각했는데 실제로는 현세에서 익숙한 물건을 천국으로 가져오게 하는 정도만 할 수 있어."

"뭐 우리는 옷을 제외한 개인 물품을 현세에 두고 온 것 같네요. 애용하는 베개가 있어야 숙면하는 사람의 경우에는 유리하지 않나요?"

아무 말이나 지껄이듯 대답하자 조폭은 만년필 끝으로 수첩을 톡톡 쳤다.

"그럼 다음 실험을 시작하지."

"조폭 씨, 아직 뭔가 가져올 게 있어요?"

그가 또다시 자랑스럽게 웃었다.

"이 저택에는 부족한 게 있어. 식료품이 냉장고에 보충되지만 우리가 죽었을 때를 그대로 재현한 모양인지 날마다 똑같은 것만 보충돼. 중요한 게 없다고. 여기는 해변에 있는 저택인데 말이야."

"중요한 거요? 그게 대체…."

"과일이나 채소 등 식물 부위는 나타나. 그럼 동물은 어때? 이 저택에 부족한 것, 그건 생선이야. 이곳에는 회가 없다고!"

"적당히 하세요."

153

말은 그렇게 해도 나는 미간을 찌푸리며 이내 이렇게 사정했다.

"왜 그걸 수영복보다 먼저 제안하지 않았습니까? 회 얼마나 좋습니까. 참치가 좋아요. 대뱃살 모듬이라도 소환합시다."

파우치와 요리사의 동의도 얻어서 즉시 참치가 창고에 나타나기를 마음속으로 빌었다. 네 사람은 창고 문을 향해 손을 모으고 "참치, 참치…" 하며 중얼거렸다. 실로 기이한 의식이었다.

얼마 안 있어 창고 안에서 낮고 둔탁한 소리가 들렸다.

문을 열자 그곳에는 상상했던 것과는 다른 게 나타나 있었다.

"참치다…."

파우치가 카메라를 잡고 중얼거렸다. 그 말대로 그것은 확실히 참치였지만 정말 참치 그 자체였다. 살을 잘라 손질한 사시미가 아닌 한 마리 통째로의 참치. 무려 2미터가 넘는 어마어마한 참치였다.

"아니, 난 회를 연상했는데."

"나도 이렇게 큰 건 상상하지 않았어."

대체 누구의 바람인 건지 서로 묻고 대답하는 와중에 요리사가 주뼛거리며 손을 들었다.

"사실은 제가 바랐습니다. 요리사다 보니 식재료 상태로 얻고 싶어서…."

우리는 얼굴을 마주 봤다. 이미 참치가 솟아난 이상 어떻게든 처리해야 했다. 그렇게 해서 해체 방법 등에 대해 옥신각신하며 논의했다.

한참 후 식당 문이 열리고 메이드가 얼굴을 내밀었다.

"몹시 떠들썩하네요. 대체 무슨 일인가요?"

메이드는 난잡하게 포개 놓은 짐을 보고 뺨을 미세하게 실룩거렸다. 아마 화났을 것이다.

그런 그녀에게 나는 당황해하며 말을 걸었다.

"메이드 씨, 이제 몸은 괜찮아요?"

그러자 그녀의 등 뒤에서 아가씨가 얼굴을 내밀었다.

"메이드 씨는 제가 저택에 돌아갔을 때 이미 기운을 차린 상태였어요."

"아아, 그건 다행이네."

가슴을 가볍게 쓸어내렸다. 그러나 메이드는 여전히 쌀쌀맞은 시선을 보냈다.

"그래서 제 질문에는 대답 안 해 주시나요?"

"저기, 이건 제 탓입니다…."

"다시 말하겠습니다. 대체 이게 다 뭐죠?"

"아, 미안해요. 창고 실험을 했는데 이렇게 되고 말았어요. 게다가 거대한 참치가 기다리고 있어요…."

아까 그렇게 가 버린 뒤로 묘하게 변한 메이드의 태도를 이해할 수 없었지만 나는 거듭 그녀에게 사과했다.

참치 해체를 끝냈을 때는 해가 완전히 떨어진 뒤였다. 다행히도 이미 불러낸 커다란 냉장고가 참치 보관용으로 쓸모가 있었다. 며칠 분량의 식량이 될지 확실하지는 않지만 당분간 서둘러서 소비하지 않아도 될 것 같았다.

식사 시간이 되자 회를 늘어놓은 식탁을 다 함께 에워쌌다. 식탁 옆에는 녹화 버튼을 눌러 둔 비디오카메라가 삼각대로 고정되어 있었다.

아가씨가 회를 집으며 그 카메라 렌즈를 한 번 봤다.

"저기요, 식사 풍경까지 찍어요?"

파우치가 입안에 있는 음식을 삼키고 고개를 작게 끄덕였다.

"천국에서 일어난 일을 빠짐없이 찍고 싶거든."

"그게 영화가 될까요?"

"글쎄, 천사들의 다큐멘터리 영화라고 한다면 그럴듯하

지 않겠어?”

아가씨가 비웃었다.

“천사들은 뭐예요?”

“여기는 천국이잖아. 그럼 여기 살고 있는 우리는 천사지.”

그 말을 듣고 조폭이 끼어들었다.

“천사라. 좋은 표현이네….”

조폭의 겉모습은 천사와는 거리가 멀었다. 하지만 꽤 취한 탓인지 그는 등에서 날개라도 돋아날 것만 같은 온화한 표정을 지었다.

“우리는 천사가 분명해. 하늘의 계시를 받아서 사명을 따르고 있어. 그 사명은 소원을 이루는 거야. 그래서 생각난 게 있는데 다들 내 얘기 좀 들어 줘.”

모두 고개를 끄덕였다. 조폭은 맥주로 목을 축인 후 이어서 말했다.

“난 서퍼가 아니야. 오늘 하루 동안 파도를 타는 데 센스가 없다는 걸 알았지. 그런데 창고 실험을 하면서 느꼈어. 아무래도 난 조사하는 걸 좋아하나 봐. 그 사실을 깨달았더니 기억의 일부가 줄줄이 되살아났어. 난 생전에 저널리스트였어. 저택 주인인 구니사와 아키오를 아는 사람이 나뿐이었잖아? 그건 생전에 내가 그를 상당히 동경했기 때문이야. 내 이름보다도 잊을 수 없을 정도로. 그 정도로 나한테 영향을 준 수염 기른 노인네. 나는 그 사람처럼 되고 싶어. 특종왕이 되는 게 꿈이야. 아직 아무도 밝혀내지 못한 사실을 기사로 쓰고 싶다고⋯."

본래도 수다스러웠지만 술이 들어가자 조폭은 한층 더 말이 많아졌다.

그가 파우치의 어깨에 손을 올리며 이렇게 물었다.

"파우치 씨. 파우치 씨는 영화를 찍고 싶댔지? 아마 생전에 영화감독이었거나 그런 류의 일을 한 게 아닐까?"

그 말에 파우치가 시선을 떨구고 작은 목소리로 대답했다.

"그래. 난 생전에 드라마 감독을 했던 것 같아. 근데 사실은 나만의 영화를 찍고 싶었어."

그 이야기를 듣고는 조폭이 두 팔을 크게 펼치며 말했다.

"여기는 소원을 들어주는 세계야. 미련을 없애기 위해 만들어진 천국이라고. 그건 감각적으로 확정 사항이라는 걸 이해하지? 그리고 우리는 진상을 밝히는 것만이 소원이라고 생각했어. 하지만 정말 그것뿐일까? 좀 더 큰 꿈을, 못 다 이룬 꿈을 이루고 싶다는 소원 그 자체도 이 세계에 포함된 게 아닐까?"

파우치와 요리사가 고개를 세게 끄덕였다. 그리고 나도.
그 모습을 보고 아가씨가 질린다는 듯이 말했다.

"남자는 참 바보야. 꿈 따위를 말하다니…."

나는 그런 그녀에게 트집을 잡았다.

"남자니 여자니 그런 식으로 구별하는 건 시대에 뒤떨어진 생각이야. 여성이라고 꿈을 말하지 못하리란 법 있어? 말해 봐. 여기선 괜찮잖아. 아가씨도 뭔가 소원이 있을 거 아냐?"

"그래요. 전 좋은 남자와 결혼해서 귀여운 아이를 낳고 싶어요."

"아니, 그런 거 말고."

"이것 봐요. 잠재적으로는 여성을 멸시하잖아요. 남자의 꿈은 고상하고 여자의 꿈은 별것 아니라고 말이에요. 남녀평등을 부르짖을 거면 제 꿈도 동등하게 대해 줘야 해요. 물론 여성의 행복이 결혼이라고 단정하는 건, 그건 그것대로 난센스지만요."

뭐라 할 말이 없었다. 내가 아무런 대답도 하지 않고 입을 다물자, 나를 대신해 조폭이 소리쳤다.

"남자도 여자도 큰 뜻을 품어! 아가씨의 소원도 이루어질 거야. 좋은 남자가 여러 명이나 있으니까."

"에이 있긴 뭐가 있어요. 얼굴만 꽃미남은 있지만 말이죠."

그렇게 말하고 그녀는 웃었다. 조폭도 함께 웃으며 유리 잔에 따른 맥주를 다 마셨다.

"회도 맛있지만 맥주에 어울리는 양념이 센 안주도 먹고 싶네."

기분 나쁜 예감이 들어서 나는 메이드의 눈치를 살핀 후 조폭에게 건의했다.

"이제 창고의 출현 현상을 이용하는 건 안 돼요."

그러자 요리사가 손을 들었다.

"그럼 제가 뭔가를 만들어 올까요?"

그 말을 들은 아가씨가 노골적으로 못마땅하다는 듯한 표정을 지었다.

"제가 만들게요. 계속 입 다물고 있었는데 사실 전 요리를 잘해요."

"그건 일찌감치 눈치챘어…."

"사실은 수염남 씨도 생각했죠? 평소 요리가 조금 아쉽다고. 이제 요리사 씨한테는 주방에 들어가지 말라고 하죠. 그게 좋아요."

요리사가 고개를 푹 숙였다. 아가씨는 그 모습을 딱히 신경 쓰지 않는다는 듯 호쾌하게 웃었다.

그런 그녀에게 조폭이 진지한 얼굴로 말했다.

"아가씨, 그 말은 흘려들을 수가 없겠는데."

"뭐가요. 그렇게 정색하지 마요. 전부터 생각했는데 조폭 씨는 요리사 씨한테 너무 물러요. 설마 요리사 씨가 정말 요리하는 사람이라고 믿는 건 아니죠?"

조폭은 팔짱을 끼고 아랫입술을 깨물었다.

"…아니, 나도 바보는 아니야. 요리사가 요리하는 사람은 아닌 것 같아. 하지만 요리사복에 대한 긍지와 요리를 하고 싶다는 마음만큼은 진짜라고 생각해. 난 그런 놈을 싫어할 수 없어. 아까 한 소원 이야기로 되돌아가는데, 요리사는 '진짜' 요리사가 되고 싶었던 게 아닐까?"

아가씨는 그제서야 조금 미안한 듯한 표정을 지었다. 그래도 사과는 하지 않았다.

"그렇다면 제가 요리사 씨에게 요리를 알려 줄게요. 그러면 어때요?"

아가씨가 요리사를 빤히 바라봤다.

"아, 아가씨한테 제가 요리를 배우는 겁니까?"

"불만 있어요? 여자애한테 뭔가를 배운다는 게, 자존심이 허락하지 않나 보죠? 그렇다면 그 정도의 소원이에요. 정말로 이루고 싶다는 마음이 강하다면 상대가 누구든 고개를 숙이세요. 그런 것도 안 되는 어중간한 사람한테 메이드 씨는 넘길 수 없어요."

나는 그녀에게 귓속말했다.

"아가씨, 역시 말이 지나쳤어. 요리사 씨 마음 상하겠어."

"수염남 씨는 조용히 해요. 이봐요 요리사 씨, 어떻게 할래요?"

모두의 시선이 요리사에게 쏠렸다.

요리사는 얼굴을 들고 모두의 시선을 하나하나 마주하며 마지막으로 아가씨를 쳐다봤다.

"저한테 요리를 알려 주세요. 잘 부탁합니다."

그제서야 아가씨도 표정을 풀었다.

"좋아요. 저야말로 잘 부탁해요. 그럼 당장 만들러 갈까요? 다들 뭐가 먹고 싶어요? 조림? 튀김? 마리네(생선이나 고기, 야채 등을 식초나 샐러드용 드레싱, 와인 등을 섞어 만든 즙에 재운 요리-옮긴이)?"

그 질문에 조폭이 대답했다.

"아니야, 역시 오늘 밤은 이제 됐어. 그보다 다 함께 한잔하지 않겠어?"

메이드가 빈 유리잔에 맥주를 따랐다. 아가씨 앞에 있는 유리잔 역시 마찬가지였다. 나는 혹시나 하는 마음에 메이

162

드에게 이렇게 말했다.

"미성년자한테는 좋지 않아요."

그러자 메이드가 웃음기를 머금고 대답했다.

"진짜 나이는 아무도 모르고 이곳에는 단속할 사람도 없습니다."

파우치가 손뼉을 크게 쳤다.

"자자, 그러면 다시 한번 건배라도 할까요?"

조폭이 잔을 들었다.

"그럼 내가 선창해도 되겠지?"

반대하는 사람은 없었다. 조폭은 일어서서 말을 이어 나갔다.

"…천사들의 소원에 건배."

잔과 잔이 맞부딪치며 축복의 종소리 같은 울림이 밤의 식당에 울려 퍼졌다.

수사관 사이에 긴장이 감돌았다고 한다. 고풍스러운 서양식 거택이라는 무대, 처참한 시체. 이것은 영화가 아니었다. 수사관들은 동시에 대량 연쇄살인 사건일 가능성을 떠올렸다.

그 안 좋은 예감은 보기 좋게라고 해도 될까 싶을 정도로 척 중했다.

　계속해서 진행된 수색으로 2층에 있는 여러 개의 객실에서 잇달아 목을 베인 시체 세 구가 발견되었다.

　시체는 총 여섯 구. 대부분이 단번에 베인 모양인지 목에만 깊은 상처가 남아 있었다. 하지만 2층 객실에서 발견된 남성 시체에서는 커항한 흔적이 발견되었다. 그 남성은 왼손을 다쳤고 새끼손가락을 잃었다. 휘두른 칼 때문에 기세 좋게 잘려 나갔을 것이다. 결손 부위는 시체 근처에 떨어져 있지 않았다.

　사라진 새끼손가락이 같은 객실의 침대 밑에서 발견된 것은 오후 11시쯤이었다.

_《매시신문》 2019년 7월 20일 오후 11시 호

손끝은 가리킨다

바이크 소리에 잠에서 깼다. 오전 6시다.

몸을 일으켜 식당으로 향했다. 그곳에는 파우치만 있었고 식탁 위에 신문이 놓여 있었다. '2019년 7월 20일 오후 11시 호'《매시신문》이었다.

"파우치 씨, 신문을 벌써 읽었어요?"

"수염남 씨와 조폭 씨 외에는 벌써 다 읽었어."

나 역시 자리에 앉아서 즉시 신문을 펼쳤다.

마침 그때 주방 쪽 문이 열렸다. 아가씨를 선두로 해서 요리사와 메이드가 식당으로 들어왔다. 세 사람은 신속하게 배식을 끝내고 각자 자리에 앉았다.

눈앞에 놓인 접시에는 금색으로 빛나는 에그 베이컨이 놓여 있었다.

"우와, 오늘의 에그 베이컨은 정말로 맛있어 보이네."

그렇게 말하자 아가씨가 의기양양한 얼굴을 했다.

"제 지도 덕분이죠."

"거기는 요리사 씨가 노력한 성과라고 해 두자."

"뭐, 그것도 있네요. 지금까지가 상식을 벗어났다는 점도 있지만 이 정도로 실력이 한 번에 는다면 며칠 만에 남들만큼의 기술은 터득할 것 같아요."

"오, 그거 기대되는데?"

그녀는 마치 자기 일이라도 되는 양 기쁜 듯한 미소를 지으며 요리사에게 시선을 향했다.

요리사는 쑥스러운지 잠시 고개를 깊이 숙인 후 식당 안을 둘러봤다.

"조폭 씨는 아직 안 내려오셨습니까?"

그 질문에 메이드가 대답했다.

"조금 전에 찾아가서 깨우고 왔는데, 다시 잠들었을지도 모르겠네요."

메이드의 말에 아가씨가 한숨을 쉬었다.

"그 사람, 또 악몽이라도 꾸고 죽은 게 아닐까요?"

파우치가 웃으며 고개를 끄덕였다.

"조금만 더 기다려 보고 안 오면 내가 되살리러 갈게."

나도 고개를 끄덕이며 신문으로 다시 시선을 돌렸다. 신문은 오늘이라고 딱히 전보다 나은 것 같지는 않았다. 다만 기사의 마지막 부분에 추가된 글만은 흥미로웠다.

"…남성 시체의 새끼손가락이 발견됐다고?"

요 며칠 현세에서의 수사가 진전되지 않고 있는지 신문 내용이 거의 갱신되지 않았다. 그런데 오늘은 시체의 결손 부위가 발견되었다는 기사가 가필되었다.

기사 속의 저항을 시도한 것으로 추정되는 남성은 아마도… 그렇게 생각했을 때 마침 비명 소리가 들렸다.

"으아아아아아아아악!"

2층 조폭의 방에서 들려오는 소리다. 그 소리를 들은 아가씨가 다시 한숨을 쉬었다.

"지겨워. 정말로 죽었나?"

파우치가 자리에서 일어나려고 하자 이번에는 계단을 뛰어 내려오는 소리가 들렸다. 아무래도 조폭은 살아 있는 모양이다.

그렇게 잠시 기다리자 식당 문이 벌컥 열렸다.

"다 모였어? 이것 좀 봐!"

조폭은 식당에 들어오자마자 그렇게 외치며 왼손을 펴서 앞으로 내밀었다.

그의 손에는 존재할 리가 없는 새끼손가락이 자라 있었다.

"이야, 밥도 맛있고 좋은 일투성이네."

조폭은 음식을 볼이 미어터지도록 입에 넣으며 그렇게 말했다. 그의 왼손에는 다섯 손가락이 모두 붙어 있었다. 계속해서 조폭이라고 부르기가 망설여졌다. 하지만 이제 와서 별명을 바꾸는 것도 애매하지 싶어 앞으로도 조폭은 조폭이라 부르기로 의견을 모았다.

"그런데 뭘 했기에 손가락이 자라났어?"

파우치가 물어봤다. 조폭이 포크를 휘휘 돌렸다.

"그게 말이야, 아무것도 하지 않았어. 일어났더니 자라났더라고."

조폭은 아직 신문을 읽지 않았다. 갱신된 신문 내용이 분명 조폭과 관련이 있다고 생각해서 나는 그에게 알려 주기로 했다.

"현세에서 새끼손가락이 발견된 것 같아요. 객실 침대 밑에 떨어져 있었다고 해요."

그러자 조폭은 자신의 손을 찬찬히 바라봤다.

"그렇구나. 난 사건이 일어난 날에 손가락을 잃은 거구나."

"현세에서 발견된 동시에 새끼손가락이 천국에 나타났다는 말은…."

거기까지 말하고 어떤 가설이 머릿속에 번뜩였다. 그러나 아직 일관성이 부족하다고 느껴져 즉시 머릿속에서 부정했다. 그러나 내 머릿속을 들여다본 것처럼 파우치가 그 가설을 입 밖으로 내뱉었다.

"현세에서 발견된 즉시 천국에 나타났다는 건… 혹시 우리가 이 세계에 온 순서 말이야, 시체가 발견된 순서가 아닐까?"

곧바로 지적하려고 했지만 요리사가 먼저 선수를 쳤다.

"그럴 리가 없어요. 현세에서 가장 먼저 시체가 발견된 것은 오전 11시이고 둘 다 남성 시체였습니다. 그에 반해 이 세계에 가장 먼저 온 사람은 메이드 씨죠."

"아아, 그러고 보니 그랬지."

파우치도 그제야 이해한 듯했다.

나는 어깨를 움츠리고 정보들을 정리하기 위해 작은 목소리로 자문했다.

"손가락의 발견과 재생. 현세에서 손가락의 봉합이 이뤄졌다는 정도가 타당한 선일까? 검시하기 전에 그런 일을 하는 건가… 일단 이번 일로 명확해진 건 객실에 새끼손가락을 잃어버린 시체가 있었으니까 조폭 씨는 역시 그곳에서…."

나는 순간적으로 이어지는 말을 삼켰다. 이 사실이 확정되면 사람들의 증언 중 일부에 모순이 생긴다.

파우치가 내 이변을 알아채고 말을 걸었다.

"수염남 씨? 왜 그래?"

"네? 아아 아니, 아무것도 아니에요."

일부러 말을 걸었을까? 아니면 파우치는 정말로 모순을 눈치채지 못한 걸까? 자신이 이전에 한 증언과의 모순을.

사흘 전, 응접실에서 파우치는 자신이 객실에서 죽었다고 했다. 그때는 그 말을 아무 생각 없이 받아들였는데 새로운 사실이 드러난 지금, 그건 말이 되지 않는다.

저택에서 죽은 네 명의 남성 시체 중 두 구가 응접실에 있었다. 즉 그 외의 장소에서 죽은 남성은 두 명이란 소리다. 이런저런 일이 있어서 확인을 게을리했지만 지금까지는 나와 파우치가 객실에서, 조폭과 요리사가 응접실에서 살해당했다고 생각했다. 그러나 오늘 밝혀진 사실로 인해 객실에서 살해당한 건 조폭임이 확정되었다.

파우치는 거짓말을 했다. 도대체 뭘 위해서 그랬을까?

머릿속에서 여러 가지 가능성을 꺼내 하나씩 자세히 따져 보았다. 확실하게 알 수 있는 건 아무것도 없었다. 생각이 빙글빙글 헛돌 뿐이었다.

잠시 가만히 있자 조폭이 눈을 가늘게 뜨며 이쪽을 빤히 바라봤다.

"수염남, 뭔가 알아챈 사실이라도 있어?"

"아니요, 전혀 없어요…."

나는 고개를 천천히 가로저으며 손으로 턱을 괴었다.

우선은 지침을 정할 필요가 있다. 먼저 요리사한테도 죽은 장소를 확인해 봐야지.

이야기를 들으려면 혼자일 때가 좋겠다 싶었지만 요리사는 메이드 또는 아가씨와 함께 행동하는 일이 많아서 좀처럼 기회가 오지 않았다.

그렇게 해서 오후가 되고 난 후에야 겨우 시간을 확보할 수 있었다.

점심 식사 후 뒷정리를 끝내고 요리사는 자신의 방으로 향했다. 그가 이용하는 방은 2층 남동쪽에 있는 커다란 거실이었다. 나는 그 방을 찾아갔다.

"우와, 우리가 쓰는 방과 비교하면 꽤 넓네요."

요리사의 방에 처음 들어갔는데 그곳은 내가 이용하는 거실보다 세 배 정도는 넓었다. 게다가 남쪽과 동쪽에 창문이 있어서 볕도 잘 들었고 장식된 가구 등도 기분 탓인지 크게 보였다.

"네. 제가 이 저택에 왔을 때 메이드 씨는 사용인실을 사용했고 2층 방은 모두 비어 있었습니다. 그래서 이곳을 사용하게 되었는데 지금은 저만 넓은 방에 지내게 돼 마음이 불편하네요."

"그야 뭐 먼저 온 사람의 특권이죠."

"그렇게 말해 주시니 그나마 좀 마음이 편해지네요… 그래서 묻고 싶은 게 뭡니까?"

나는 팔짱을 끼고 다시 실내를 돌아봤다.

"요리사 씨는 이 방에서 살해당했나요?"

의도적으로 에둘러 물어봤다. 요리사가 당황한 표정을 지었다.

"갑자기 무슨 일입니까?"

"슬슬 진상도 해명해야겠다고 생각해서 다른 사람들에게도 묻고 있어요."

그는 감탄한 듯이 연거푸 고개를 끄덕였다.

"…이 방에서 살해당하지 않았습니다. 제가 살해당한 곳은 응접실이에요. 이 세계에 온 당시에는 몰랐는데 저택 안을 산책하다 응접실에 들어갔을 때 기억이 서서히 되살아났습니다. 이곳이 내가 죽은 장소라고."

예상대로의 대답이었다. 역시 요리사는 응접실에서 죽었다.

"실례지만 그 이야기를 좀 더 자세히 해 주세요."

그는 목 부분을 지그시 누르며 더듬더듬 말했다.

"순식간에 일어난 일이라서 참고가 될지 모르겠는데… 그 비 내리던 날, 이유는 확실하게 기억나지 않는데 전 볼일이 있어서 응접실에 들어갔습니다. 그 순간 누군가가 칼로 목을 옆에서 베었습니다."

"응접실에 들어간 순간이라. 범인의 얼굴이나 다른 희생자는 봤나요?"

"안타깝게도 보지 못했습니다. 정말로 순식간에 일어난일이었거든요."

"아, 혹시 그 칼이 어떤 건지 기억해요?"

"아마 클레버 나이프일 겁니다. 아가씨한테 들었는데 그 칼이 묵직하고 두툼한 칼이라서 한 번 휘두르는 걸로도 갈비뼈 정도는 절단할 수 있다고 하더군요. 그런 칼로 나무를 베어 쓰러뜨리듯이 제 목을 벴습니다. 목 안쪽 깊숙한 곳까지 뭔가가 뚫고 들어온 감촉이 지금도 생생해요. 목을 완전히 절단당했다고 생각했습니다…."

"아아, 이제 그만요. 너무 구체적으로 생각하려고 하면 죽으니까요. 자, 이 이야기는 이 정도로 마무리할까요?"

나는 입가를 누르며 신문 내용을 다시 생각했다.

응접실에 있던 시체는 두 구인데 그중 하나는 목을 깊이 베어서 소파 위에 누워 있었다. 그리고 그 복장은 온통 흰옷이었다. 요리사도 목을 깊숙이 베였고 또 흰색 옷을 입고 있다. 응접실 소파에 있던 시체는 요리사가 틀림없었다.

여기까지 알면 충분하다고 생각해 나는 고맙다고 인사한 후 자리를 뜨려고 했다. 그런데 그보다 먼저 요리사가 한 손을 들었다.

"수염남 씨, 저도 뭐 하나 질문해도 될까요?"

"아 네, 물어보세요."

"어제 메이드 씨와 무슨 일이 있었습니까? 어제 두 분이 그렇게 나간 뒤로 그녀 몸 상태가 갑자기 안 좋아진 것 같아서요."

메이드와의 대화가 뇌리를 스쳤다.

"아뇨, 아무 일도 없었어요."

"그렇다면 다행이군요. 보시다시피 그녀는 평소에 점잖은 편인데, 어제는 옷이 얇아서 걱정했거든요."

"제가 신뢰감을 주지 못했나 보군요. 이상한 짓을 할 리가 없잖아요."

마음이 조금 괴로웠다. 실제로는 나를 껴안은 메이드를 마주 껴안으려 했으니까.

아무래도 요리사 쪽은 메이드에게 마음이 있는 듯했다. 안타깝게도 메이드 쪽은 요리사에게 별 관심이 없는 것 같지만.

요리사는 자신을 타이르듯 고개를 끄덕이며 이렇게 말했다.

"제 질문은 이게 답니다."

"아, 저도 궁금한 것 다 물어봤어요. 고맙습니다."

나는 도망치듯이 방에서 나왔다.

호흡을 가다듬고 걸어가며 얻은 정보를 정리했다.

누군가의 격언처럼 진상은 단순한 법이다. 응접실에 있던 시체 두 구. 소파에 쓰러져 있던 사람이 요리사고 바닥에 쓰러져 있던 사람이 범인이다. 요리사와 비교하면 바닥의 시체는 상처가 얕았다. 또한 근처에 흉기가 떨어져 있었다. 경찰도 처음에는 두 남성의 동반 자살이라고 판단했다. 즉 바닥에 쓰러져 있던 남성은 스스로 자기 목을 벳다고 생각할 수 있다.

왜 파우치는 객실에서 죽었다고 거짓말했을까? 그 이유는 범인이기 때문이다.

"믿고 싶지 않은데…."

직접 이끌어 낸 결론이라고는 해도 쉽게 받아들일 수 있는 것이 아니었다. 파우치는 나사 하나가 빠진 것 같기는 하지만 착한 성품을 갖고 있었다. 주위 사람들을 늘 신경 쓰며 앞장서서 분위기를 좋게 만들려고 노력했다. 게다가 조폭 살해 사건이 일어났을 때는 내게도 매우 협력적이었다. 아니다, 그 사건은 자신이 죽지 않았는데도 죽은 사람이 나왔기 때문에 더더욱 진상을 알고 싶었을 뿐인지도 모른다. 그렇다면 그렇게 협력적이었던 것도 이해가 간다.

나는 계단을 내려가서 응접실로 향했다. '파우치 범인설'의 근거라고도 할 수 있는 현장을 다시금 확인해 보고 싶어졌다.

어쩐 일인지 응접실에 불이 켜져 있었다. 천으로 된 전등갓이 달린 클래식 상들리에가 오렌지색 빛을 냈다. 먼저 온 손님이 있는 걸까? 그렇게 생각하고 실내를 둘러보니 낮은 탁자 위 화병에 흰 장미가 꽂혀 있었다. 정원으로 통하는 양 여닫이 유리문이 열린 채였다.

정원을 내다봤다. 그곳에 조폭이 있었다.

"뭐야, 조폭 씨였네⋯."

그렇게 중얼거리자 조폭은 험상궂은 얼굴로 뒤돌아봤다.

"'뭐야'라니 무슨 뜻이야?"

"아니, 깊은 뜻은 전혀 없어요. 그런데 뭐 해요?"

"아가씨가 꽃꽂이를 한다기에 함께 왔을 뿐이야."

조폭이 옆을 돌아봤다. 그 시선의 끝에는 전지가위를 손에 든 아가씨가 꽃을 따고 있었다.

"아하, 그러고 보니 두 사람은 이곳의 꽃을 좋아한댔죠?"

"누가 그런 말을 했어? 뭐, 그야 싫어하지는 않지만⋯."

아가씨의 귀에도 그 말이 들린 모양인지 그녀가 어이없다는 듯 웃기 시작했다.

"조폭 씨, 솔직해지는 게 어때요? 꽃을 좋아한다는 것 정도는 당당하게 말해요."

"난 꽃을 좋아하는 게 아니야. 그 흰 장미가 제철이 아닌데도 꽃을 피웠다며. 그런 힘이 기특했을 뿐이라고."

그러고 보니 메이드와도 그런 비슷한 이야기를 한 기

억이 났다.

"조금 전 그 질문 말인데요. 두 사람이 꽃을 좋아한다는 건 메이드 씨가 말해 줬어요. 참고로 그녀도 제철이 아닐 때 핀 꽃에 공감하는 것 같아요."

"그야 그렇지. 우린 제철이 아닐 때 핀 천사들이니까."

조폭이 농담인 척 말했다.

"그때는 이제 막 갈아 놓은 땅에 들어가서 혼났어요."

별생각 없이 자신을 나무라듯 말하자 아가씨가 묘한 표정을 지었다.

"막 갈아 놓은 땅이라니 이 정원에 그런 곳이 있었나…?"

"어? 저쪽, 우편함 맞은편에 있던데?"

아가씨가 하도 못 믿겠다는 듯 신경을 쓰기에 그 장소까지 두 사람을 안내했다.

그녀는 그곳에 드러난 흙을 보더니 더욱더 의아하다는 듯한 얼굴을 했다.

"이상해요. 전에는 이렇지 않았어요. 게다가 장미 모종을 가지런히 심어 놓은 것 좀 봐요. 이 정원의 장미는 꺾꽂이로 늘려서 어느 정도의 크기까지 자란 후에야 흙에 옮겨 심거든요. 하지만 이 모종은 어딘가에서 사 온 거예요."

"잠깐만. 이상한 건 아가씬데? 모종이라니, 이 천국에서 그런 걸 어떻게 구매하겠어. 살아 있는 식물은 창고에 나타나게 할 수도 없다고."

"어머, 그러고 보니 그러네요…."

"아가씨가 말하는 이전은 생전 아니야?"

"미안해요. 그 이상은 생각나지 않아요…."

그녀는 기억이 혼란한 것인지 괴로운 듯이 머리를 눌렀다.

"아니, 생각해 내. 진상을 밝혀야 하잖아."

더 세게 말했다. 그러자 조폭이 끼어들었다.

"이봐, 수염남. 가뜩이나 심란해진 상대한테 그렇게 드세게 굴지 마. 게다가 정원의 흙 따위는 진상과 아무 상관도 없는걸."

확실히 그렇다. 새삼스레 흙 따위는 아무래도 상관없었다.

"아, 미안해요. 조폭 씨의 말이 맞아요. 진상은 이미 알 것 같아요."

조폭과 아가씨가 이쪽을 가만히 봤다.

나는 그런 두 사람에게 이렇게 제안했다.

"저기 두 분, 잠깐 응접실에서 얘기할까요?"

파우치에 대해 알리기로 했다.

원래는 본인의 자백을 기다리거나 확실한 증거를 확보한 후 모두에게 공표해야 한다고 생각했다. 그러나 그때까지 혼자서 진실을 떠맡기가 괴로웠다.

"단도직입적으로 말씀드리자면, 결국 파우치 씨가 범인일 가능성이 높습니다."

응접실 소파에 앉아 모든 경위를 알렸다. 그러나 맞은편에 앉은 조폭과 아가씨가 좀처럼 놀란 반응을 보이지 않았다. 두 사람은 서로 시선을 교환하며 가만히 있었다.

"어? 안 놀라요?"

그렇게 묻자 조폭이 귀찮다는 듯이 이마를 긁었다.

"실은 아까 얘기했어. 범인은 네 추리가 어쨌든 살해 수법으로 볼 때 남자가 분명해. 몸집이 작은 메이드 씨와 가냘픈 아가씨가 성인 남성의 목을 칼로 베는 건 무리야. 게다가 난 오늘 아침 신문에서 피해자인 것이 확정됐고. 즉 나와 아가씨는 용의자 후보에서 제외됐어. 그래서 누가 범인이라 해도 냉정하게 받아들이자고 결심했거든."

"냉정하게라뇨, 그 파우치 씨가 우리를 죽였을지도 모르는데요?"

"네가 그렇게 말하니까 묻겠는데, 그럼 누가 범인이면 이해할 거야?"

"아니, 그건 누가 범인이라도… 하지만 그렇게 친절해 보이는 사람이…."

더 이상 말을 잇지 못하자 아가씨가 한숨을 쉬었다.

"이봐요, 친절함과 잘못은 상관없어요. 조폭 씨가 전에 말한 것처럼 누구나 물러설 수 없는 신념에 따라 길을 잘못 들 수 있어요. 특히 누군가를 위해서라는 대의명분을 얻었을 때 인간은 한없이 잔혹해질 수 있죠. 그건 착한 사람일수록 더해요."

이상하게 실제 경험이 반영된 듯한 말이었다. 나는 고개를 숙이고 그 말을 곱씹었다.

짧은 정적이 흐른 후 조폭이 처음부터 다시 시작하듯이 크게 한숨을 들이마셨다.

"게다가 중요한 건, 나와 아가씨의 입장에서 보면 파우치 씨가 거짓말하는지 네가 거짓말하는지 판단할 수 없어."

"뭐라고요? 날 의심하는 거예요?"

"솔직히 말하면 의심해. 당연히 너만 의심하는 게 아니야. 하지만 인격까지는 의심하고 싶진 않아. 이래저래 함께 지내면서 어떤 놈인지 알았거든."

"난 죽이지 않았어요."

"그야 네 입장에서라면 그렇게 말하겠지. 아가씨가 말

하기를 대부분은 살인범 취급을 받고 싶어 하지 않는다고 하니까."

"난 정말로 범인이 아니에요. 확실히 객실에서 살해당했다고요. 방 안에 있는 동안 점점 기억이 되살아나는 그 감각, 알잖아요?"

"그것도 말이야… 난 그 감각을 이해할 수 있는데…."

그렇게 말하고 조폭은 아가씨를 쳐다봤다.

"난 내가 어디에서 살해당했는지 전혀 기억나지 않아요."

그녀의 말을 조폭이 이어받았다.

"그런 거야. 기억이 되살아나는 방식에는 개인차가 있나 봐. 좀 더 정확하게 말하자면 신뢰할 만한 게 아니야. 나도 며칠 전에 꿈과 현실을 구별하지 못했잖아."

"내가 뭔가 억측을 했을 수도 있다는 말인가요?"

"가능성은 부정할 수 없지."

스스로의 기억마저 의심해야 한다면 더 이상 진상을 규명할 수 없겠다는 생각이 들었다. 맥이 빠졌다. 나는 기력이 다해서 반론할 마음조차 들지 않았다.

그렇게 가만히 있자 조폭이 다시 입을 열었다.

"그래서 지금까지의 이야기를 종합해 말하겠는데, 네 추리는 엉성해. 넌 신문 배달부를 찾으러 갔을 때도 그랬지만 한 가지에 집착하면 멋대로 행동하는 경향이 있어. 생각해 봐. 살해당한 장소와 시체가 발견된 장소가 반드시 같다고 할 수도 없다고."

"아, 아하. 듣고 보니 그러네."

"이런 건 좀 바로바로 알아차려. 내 경우에는 침대 밑에 손가락이 떨어져 있었으니 살해 현장은 확정이야. 다른 녀석들은 범인이 시체를 옮겼을 수도 있지. 적어도 네 말대로라면 요리사 씨는 범인의 손으로 일부러 소파에 재웠어. 다시 말해 아직 누가 범인인지 몰라."

조폭의 말이 맞았다. 이로써 추리는 원점으로 돌아오고 말았다. 그러나 마음속에서는 허탈감보다는 안도감이 더 크게 느껴졌다.

"어라? 그렇게 되면…."

문득 머릿속에 아이디어 하나가 떠올랐다. 시체의 이동을 고려하면 어떤 가능성이 생긴다. 오늘 아침에 스스로 부정한 가설. 그것은 가설이 아닐지도 몰랐다.

"왜 그래? 아직도 이해가 안 가?"

"아니요. 조폭 씨의 말은 이해했어요. 그랬더니 뭔가가 떠올랐어요."

"뭐, 또 새로운 범인 후보를 향해 돌진할 생각은 아니겠지?"

"이번에야말로 자신 있어요. 참고로 범인이 밝혀진 건
아니에요. 하지만 해결의 실마리는 찾은 것 같아요. 당장
조사하러 가 볼게요. 실례했습니다."

나는 인사를 하는 둥 마는 둥 하고 잽싸게 응접실을 빠
져나왔다.

《매시신문》의 전체 백넘버를 다시 훑어봤다. 예상대로
거기에 쓰인 내용은 가설을 충분히 뒷받침하고도 남았다.
그래서 저녁 식사 후 모두에게 응접실에 모여 줄 것을 부
탁했다.

그럼 연극을 시작해 볼까.

천국 주민 다섯 명이 응접실 소파에 앉았다. 나만 미리
준비해 놓은 화이트보드 앞에 섰다. 마주 보는 벽 부근에
는 비디오카메라를 세팅해 놓았다. 평범한 강연회와 같은
분위기였다.

모두 입을 다물고 설명이 시작되기를 기다리고 있는 가
운데 강사 역할인 내가 손가락을 튕기며 카메라 렌즈를
가리켰다. 그 모습을 본 파우치가 말했다.

"그림 좋네. 딱히 카메라를 의식할 필요는 없으니 어서

시작해."

나는 으쓱거리며 가볍게 기침했다.

"바쁘신 와중에 응접실에 모여 주셔서 대단히 고맙습니다. 오늘은 조폭 씨의 새끼손가락이 다시 자랐으니 새끼손가락 기념일입니다. 이런 성대한 날에 여러분과 함께해서…"

한창 말하는 도중에 조폭이 혀를 찼다.

"그런 서론은 필요 없으니까 곧바로 본론으로 넘어가지?"

나는 양팔을 펼치고는 격식을 차리며 여러 번 고개를 끄덕였다.

"그럼 요청하신 대로, 곧바로 본론으로 들어가겠습니다. 주제는 이 세계에 관해서입니다."

여전히 분위기가 어수선했지만 일단은 신경 쓰지 않고 이야기를 이어 나갔다.

"여러분도 아시다시피 오늘 현세에서 새끼손가락이 발견되었습니다. 그와 동시에 천국에 있는 조폭 씨의 새끼손가락이 자랐습니다. 여기서 알 수 있듯이 아무래도 우리의 육체는 현세에서 발견이 돼야 천국에 나타나는 모양입니다. 알기 쉽게 말하자면 우리가 이 세계에 온 순서는 현세에서 시체가 발견된 순서라는 이야기가 됩니다."

곧바로 파우치가 반론했다.

"수염남 씨, 그건 이미 부정한 이야기잖아?"

"좋은 질문이에요. 확실히 한 번은 말이 안 된다고 생각했습니다. 현세에서 가장 먼저 발견된 것으로 추정되는 시체가 남성이었기 때문입니다. 그런데 천국에 가장 먼저 도착한 인물은 메이드 씨죠. 그런데 이걸 뒤집을 방법이 있습니다."

실내가 희미하게 술렁거렸다. 나는 보드 마카로 화이트보드를 톡톡 두드렸다.

"자, 그 방법을 설명하기 전에 이미 밝혀진 정보를 정리할까요? 먼저 천국에 온 순서입니다. 아까도 말했듯이 가장 먼저 온 사람은 메이드 씨고 이 세계에 들어온 날은 지금으로부터 14일 전입니다. 이틀 후에 요리사 씨가 오고 또 그로부터 사흘 후에 아가씨, 그 이틀 후에 조폭 씨, 그다음 날 파우치 씨, 또 그다음 날이 저, 수염남. 여기까지는 모두 아는 내용이죠?"

모두 고개를 끄덕였다. 나는 화이트보드에 계속해서 정보를 적어 나갔다.

"적으며 설명해서 죄송하지만 계속 이야기하겠습니다. 말씀드린 정보를 근거로 생각해 보세요. 이 천국에서의 하

루는 현세에서의 한 시간입니다. 오늘 아침 6시에 온《매
시신문》은 오후 11시 호니까 메이드 씨가 이 세계에 온 2주
전이 현세에서는 오전 9시였을 겁니다. 이런 식으로 우리
가 이 세계에 온 날을 현세의 시간으로 환산하면 이렇게
됩니다. 메이드 씨는 오전 9시, 요리사 11시, 아가씨 오후
3시, 조폭 5시, 파우치 6시, 저 7시. 아, 새삼스럽지만 경칭
은 생략하도록 하겠습니다.”

　나는 막 그린 표를 엄지로 가리켰다.

　“신문 기사와 발행 시각을 참고 삼아 현세에서 일어난
일을 이 표에 기입하겠습니다. 그러면… 이렇게 됩니다.”

　나는 화이트보드에 정보를 정리해 완성하고는 손바닥
으로 탕탕 쳤다.

천국	현세
1일 차 가정부 입국	오전 9시 음식점 주인이 응접실에서 쓰러진 사람 발견
↓	↓
3일 차 요리사 입국	오전 11시 구급대원이 남성 시체 2구 발견
↓	↓

7일 차 아가씨 입국	오후 3시 경찰이 사용인실에서 여성 시체 발견
↓	↓
9일 차 조폭 입국	오후 5시 2층 객실에서 네 번째 시체 발견
10일 차 파우치 입국	오후 6시 2층 객실에서 다섯 번째 시체 발견
11일 차 나(수염남) 입국	오후 7시 2층 객실에서 여섯 번째 시체 발견

완성된 표를 보이며 자랑스럽게 말했다.

"딱 들어맞습니다. 현세에서 일어난 사건과 우리가 천국에 온 날이 우연히 이렇게까지 일치한다는 건 일단 말이 안 돼요. 또한 이곳에 조폭 씨의 새끼손가락 사건을 더하면 단정해도 됩니다. 우리는 현세에서 발견됐을 때 천국에 왔어요. 양자역학에서 말하는 불확정성 원리와 같죠. 관찰하는 사람의 존재로 결과가 정해진다는 것입니다. 결국 시체가 발견됐을 때 우리는 정식으로 죽은 것과 같습니다."

물론 누군가는 분명 반론해 오리라. 그러나 그것까지

상정한 터라 두렵지 않았다. 아니나 다를까 요리사가 손을 들었다.

"하, 하지만 아까 말한 파우치 씨의 의문이 해결되지 않았습니다."

나는 입꼬리를 올리며 보드 마카를 흔들었다.

"네, 맞아요. 지금부터 그 모순을 뒤집을 방법을 설명하겠습니다. 아니, 범인의 행동에 대한 설명이라고 하는 게 나을 수도 있겠네요."

그렇게 말한 후 표의 오전 9시를 기세 좋게 가리켰다.

"문제가 되는 것은 메이드 씨가 발견된 시각입니다. 입국 날을 고려하면 오전 9시여야 하는데 신문을 보면 9시에 발견된 사람은 남성으로 파악할 수 있습니다. 그런데 말입니다, 정확하게는 그렇지 않을 가능성이 있어요. 그 시각에 발견된 건 빨간 옷을 입고 쓰러진, 얼굴이 보이지 않는 사람입니다. 다시 말해 그 상태론 성별을 알 수 없어요. 이제 아시겠지요? 그곳에 메이드 씨의 시체가 있었어요. 그 소파 위에."

눈앞에 있는 소파를 손으로 가리켰다. 그곳에 앉은 메이드와 요리사가 불안한 모습으로 시선을 이리저리 옮겼다. 나는 분위기가 진정되기를 기다린 후 이어서 말했다.

"하지만 오전 11시에 응접실 안을 확인했더니 그곳에는 남성 시체 두 구가 있었을 뿐이죠. 참고로 이때 소파 위에 있던 시체는 요리사 씨로 생각됩니다. 깊숙이 베인 목, 온통 흰옷, 조건을 다 충족합니다. 그럼 도대체 무슨 일이 일어났던 걸까요? 그건 시체 바꿔치기입니다. 음식점 주인이 천국 저택을 방문했을 때 범인은 아직 살아 있었어요. 음식점 주인이 쓰러진 사람을 발견한 건 9시. 그 후 구급대원이 저택에 도착하는 11시까지 그는 차 안에서 더위를 피하고 있었죠. 그 사이 범인은 소파에 있는 메이드 씨의 시체를 2층 객실로 옮기고 대신에 그 주변에 굴러떨어진 요리사 씨의 시체를 소파에 눕혔습니다. 그러고 본인은 바닥에서 자해했어요. 바닥의 시체는 상처가 얕은 데다 근처에 흉기가 떨어져 있었습니다. 범인이 분명해요. 이러한 일련의 행동에 어떤 의미가 있는지 모르겠지만 이 방법이라면 우리가 천국에 온 순서가 설명돼요."

아가씨가 혼잣말처럼 중얼거렸다.

"그게 사실이라고 한다면 난 사용인실에서 죽었다는 말이에요?"

나는 손가락을 튕기며 아가씨를 가리켰다.

"그 점에 관해서도 생각했습니다. 사정을 상세하게 파

악하지 못한 분들을 위해서 더 쉽게 설명해 보죠. 우리는 대부분 자신이 죽은 장소를 기억합니다. 그러나 아가씨는 기억하지 못해요. 왜일까요? 그 이유는 기억나기 위한 조건을 충족하지 못했기 때문입니다. 우리가 죽은 장소를 생각해 낸 건 그 장소에 머물렀을 때입니다. 추측건대 아가씨는 사용인실에 들어간 적이 없어요. 그렇지?”

아가씨에게 시선을 돌렸다. 그녀는 더듬거리며 대답했다.

“맞아요. 실내를 흘끗 본 적은 있어도 발을 들인 적은 없어요….”

나는 어깨를 살짝 으쓱이며 미소 지었다.

“아가씨는 사건 당일 어떤 사정에 의해 사용인실에 있었을 겁니다. 천국의 우리는 공통 인식의 영향인 듯한데 기본적으로는 자기가 죽은 장소에 머무르고 있어요. 그러나 아가씨만 달라요. 사용인실은 천국에 온 시점에서 메이드 씨가 줄곧 쓰고 있죠. 결과적으로 살해당한 장소에 갈 기회, 즉 기억을 상기시킬 기회를 잃었습니다. 그럼 확인을 위해 메이드 씨에게도 물어볼까요? 메이드 씨, 어디에서 죽었습니까?”

내 예상이 정확하면 그녀는 응접실이라고 대답할 것이다.

“죄송합니다. 머릿속에 안개가 낀 것 같아서… 목을 베여서 살해당했다는 것 외에는 아무것도, 정말 아무것도 생각이 나지 않습니다….”

예상이 조금 빗나갔다. 그러나 대체로 분명할 것이다.

“과연. 그럼 적어도 사용인실에서 죽었다고 단정할 수는 없는 게 맞겠죠? 다른 조건에서 추측하자면 오후 3시에 사용인실에서 발견된 시체는 아가씨가 확실합니다. 그리고 아가씨를 발견한 이후 잇달아 2층 객실에서 세 구의 시체가 발견되는데, 그중 하나가 메이드 씨입니다.”

나는 거기서 일단 심호흡을 했다.

“지금까지는 괜찮나요? 궁금한 점이 있습니까?”

그렇게 묻자 파우치가 화이트보드를 손으로 가리켰다.

“그렇다면 천국 3일 차에 요리사 씨와 함께 범인이 이 세계에 오지 않았겠어?”

예상대로의 질문이었다. 이야기가 순조롭게 진행되었다.

“맞습니다. 범인은 3일 차에 입국했어요. 아마 천국에 온 범인은 요리사 씨보다 먼저 눈을 떴겠죠. 여기서 범인의 심정이 되어 보세요. 눈을 떴더니 낯선 해변에 있다. 그리고 옆에는 죽은 게 분명한 사람이 누워 있다. 손에는 흉기도 없다. 어떻게 하겠습니까? 저라면 상황이 파악될 때까지 몸을 숨기겠습니다. 소나무 숲에 들어가면 그리 쉽게 찾을 수는 없어요. 게다가 아무리 배가 고파도 이 세계에 사는 사람은 죽지 않죠. 일주일 정도 저택을 몰래 관찰하지 않았을까요? 관찰하고 상황을 파악한 후에 천연덕스러운 얼굴로 저택 문을 두드렸다…."

응접실 안이 조용해졌다. 반론은 없는 듯했다.

"제 설명은 이상입니다. 들어 주셔서 고맙습니다."

나는 커튼콜이라도 하듯이 우아하게 인사했다.

"역시 명탐정이야. 그림이 될 만해."

파우치가 손가락으로 사각의 프레임을 만들어 이쪽을 기쁜 듯이 들여다봤다.

그에 비해 옆에 앉은 조폭은 팔짱을 끼고 못마땅한 표정을 지었다.

"저, 조폭 씨? 뭐 다른 의견이라도 있어요?"

조폭은 표정을 바꾸지 않고 차분한 목소리로 말했다.

"아니, 다른 의견은 없어. 그게 정답일 거야. 우리는 발견된 순서대로 천국에 왔어. 하지만 그렇게 되면 범행을 저지를 수 있는 인물이 두 사람으로 한정돼. 범인은 남자야. 요리사 씨는 소파에 누워 있었어. 난 객실에서 손가락이 잘렸고. 그럼 나머지는 알겠지?"

나와 파우치는 서로 얼굴을 마주 봤다. 그러나 둘 다 아무런 말도 하지 않았다.

그 모습을 보다 못 했는지 조폭이 다시 말했다.

"수염남. 범인의 심정이 되어 보라고 했지? 범인은 다섯 명을 죽인 후 이쪽 세계에 와서 저택을 관찰했어. 내가 범인이라면 그 다섯 명의 소재가 확실해질 때까지 적극적인 행동은 하지 않을 것 같아. 결국 마지막으로 저택을 찾아오겠지."

"자, 잠깐만 기다리세요. 정말로 기다려 보세요."

"미안한데 못 기다리겠어. 하고 싶은 말은 해야겠군. 전부터 생각했는데, 물론 이런 가능성도 있지 않을까 정도로만 떠올린 거지만… 범인도 기억이 없는 게 아닐까? 목이 잘려서 죽었다는 기억만 갖고 천국에 온 거지. 그래서 무의식중에 은폐 공작을 하며 이렇듯 강연회와 같은 자백으로 속죄를 한 거 아닐까?"

"그건 억지 아닌가요? 참고로 전 살해당한 기억이 있어요."

"과연 그럴까? 기억은 믿을 수 없어. 무의식적으로 날조될 수도 있지… 그래, 수염남. 너 전에 말했지? 일어나 있을 때 범인한테 습격당했다며. 다시 말해 넌 범인의 얼굴을 봤어. 아니야?"

"네, 봤어요. 아는 얼굴이었다는 것만 기억해요."

"그 범인한테 어떻게 목을 베였는데?"

"그게… 등 뒤에 서서 목을 단번에 확 베였어요."

조폭은 어두운 표정을 지으며 조용히 고개를 가로저었다.

"범인의 살해 방법 말인데, 기본적으로는 먹잇감에 모습을 드러내지 않고 다가와서 단번에 쳐서 벤다고 했어. 범인은 스스로 자기 목을 벴어. 고통을 최소화하기 위해 단번에 베었겠지. 네가 살해당한 방법은 어쩐지 위화감이 느껴져. 잘 생각해 봐. 네가 살해당했을 때의 상황은 어땠어?"

그 말에 나는 본의 아니게 눈을 감았다. 언젠가 꾼 꿈의 영상이 머릿속에 펼쳐졌다.

"범인은 제 바로 등 뒤에 있었고 거울 너머로 대화했어요. 잘 아는 얼굴이었는데…"

"잠깐만, 거울 너머로 대화했다고? 범인의 얼굴이 어땠는데?"

머릿속 영상에 불꽃이 탁탁 튀었다. 하얀 배경에 흐릿한 윤곽이 떠올랐다. 점점 초점이 맞춰지며 윤곽은 하나의 명료한 상이 되어 모습을 드러냈다.

그곳에는 수염을 기른 남성이 서 있었다. 나는 눈을 뜨고 이렇게 중얼거렸다.

"등 뒤에 있던 사람은 나였어…."

실내가 얼어붙은 것처럼 조용해졌다.

잠시 후 조폭이 어쩐지 누그러진 표정으로 내게 물었다.

"널 죽인 사람은 너였지?"

그 질문에 대답할 수 없었다. 대신에 아가씨가 조폭을 향해 입을 열었다.

"해리성 인격 장애 같은 걸까요…?"

"아마 그럴 거야. 스스로 살해당한 인격을 만든 게 아닐까?"

온몸이 오들오들 떨렸다. 양손이 피에 젖는 느낌이 들었다.

"말도 안 돼. 내가 모두를 죽였다니…."

그러나 누구도 나를 나무라는 기색은 없었다. 조폭이 다시 내게 물었다.

"천천히 진상을 떠올려 보자고. 우리는 널 원망하지 않아. 알겠지?"

다른 사람들 역시 마찬가지로 나를 불쌍히 여기는 듯한 표정을 하고 있었다.

눈가에 눈물이 고였다. 고개를 위로 향하자 은은하게 빛나는 샹들리에가 시야에 들어왔다. 그 빛을 보는 동안 또다른 빛이 머릿속에 켜졌다.

"아니야. 아니야 아니야 아니야 아니야 아니야 아니야 아니야 아니야 아니야 아니야 아니야, 아니에요!"

그렇게 외치자 모두가 어이없다는 듯한 표정을 지었다.

"이봐, 수염남. 아니라는 말을 너무 많이 하는 거 아니야?"

"아니니까 아니라고 한 겁니다. 전 범인이 아니에요!"

분위기가 묘하게 싸늘해졌다. 바로 조금 전까지 동정하는 분위기가 지배적이었는데 지금은 완전히 싸해지고 말았다.

"역시 깨끗하게 포기하고 죽지 못하겠어?"

"공교롭게도 진작에 죽었거든요. 농담은 그만하고 정말로 전 범인이 아니에요. 제가 죽은 방에는 촛대형 벽등이 있었어요. 확실히 있었다고요. 그런데 이 응접실에는 그런 조명이 설치되어 있지 않아요. 여기에 있는 건 조도가 낮은 인테리어용 샹들리에뿐이죠."

"하지만 넌 네 자신한테 살해당했잖아?"

"그것도 아니에요. 정확히는 수염을 기른 남성한테 살해당했어요."

점점 더 분위기가 싸해졌다. 이쯤 되면 경멸하는 분위기라고 하는 게 나을지도 모른다.

파우치가 망설이며 말했다.

"수염남 씨는 기억나지 않을 수 있는데 이 저택에 수염을 기른 사람은 수염남 씨뿐이야."

"기억해요! 제 별명이 수염남이잖아요? 확실히 지금의 저택에는 수염을 기른 남성이 저뿐이에요. 하지만 이 사건과 관련된 사람 중에는 수염을 기른 남성이 또 있다고요."

그렇다. 그 자식이 범인이라면 모든 게 앞뒤가 맞는다.

나는 모두의 얼굴을 둘러봤다. 대부분이 당황했으나 조폭만 수염을 기른 남성에 대해 짐작 가는 게 있는 모양이었다. 쓸데없는 말이 치고 들어오기 전에 나는 서둘러 이렇게 말했다.

"제가 진범을 밝혀내겠습니다. 정말로 모습을 드러내게 할게요."

일곱. 모습이 없는 사람

다음 날 오전 5시 반. 계단 홀에 졸린 듯한 얼굴을 한 천사들이 모였다.

강연회 2부가 시작되었다.

어젯밤에 한 1부는 내가 호언장담한 부분에서 끝났다. 그대로 설명을 계속할까도 생각했으나 구두로 전하기만 해서는 아무것도 증명할 수 없을 것 같았다. 그 정도로 진상이 특수하다고 생각했다. 그리고 무엇보다 나도 아직 완전히 확신하지 못했다. 그래서 예측되는 전개를 고려해 내일 아침 5시 반부터 2부를 개최하겠다는 소식을 모두에게 전했다. 물론 예상되는 내용은 아직 아무에게도 설명하지 않았다. 그런 탓에 여기저기에서 졸리다, 지루하다는 등 불평이 쏟아져 나왔다.

나는 그런 불평에 무뚝뚝하게 반응했다.

"왜 이렇게 이른 시간에 시작되는지도 설명할 테니까 조금만 힘내 봐요."

이 말에도 사람들은 딱히 이렇다 할 반응이 없었다. 하물며 조폭은 하품하며 눈을 비볐다.

"이봐, 적어도 의자가 있는 장소로 해 줄래?"

"이 장소가 여러모로 유리해요. 게다가…."

나는 두 팔을 펼쳐서 위를 향했다. 그 자세 그대로 계속 말했다.

"여기 극장 같지 않나요? 천창에서는 서스펜션 조명을 연상케 하는 빛이 쏟아지고, 넓은 데다 대계단이 있죠. 심지어 2층 석까지 있어요. 뭔가를 선보인다면 이 계단 홀이 제격이라고 생각합니다."

그렇게 한창 대화하는 동안 파우치가 비디오카메라 세팅을 끝냈다.

"수염남 씨, 슬슬 시작하지?"

"그래요. 시작해 볼까요? 제한 시간도 있고…."

나는 주위를 둘러보고 가볍게 기침을 한 후 다소 어색

한 표정으로 말했다.

"아 아, 마이크 테스트, 마이크 테스트."

파우치가 어이없다는 듯이 말했다.

"수염남 씨, 마이크는 설치하지 않았잖아."

나는 뭔가를 손으로 툭툭 치는 행동을 하며 계속해서 시선을 위로 향했다.

"2층 석에 계신 여러분, 잘 보이십니까?"

조폭이 혀를 찼다.

"넌 쓸데없는 소리를 안 하면 죽는 병에라도 걸렸어?"

나는 새침한 얼굴로 두 손을 펼치며 가볍게 인사했다.

"자, 썰렁한 강연회장도 따뜻해졌으니 어제의 뒷이야기를 시작할까요? 먼저 복습부터 하겠습니다. 바로 어제 한 이야기니까 잊어버린 사람은 없겠지만 우린 현세에서 시체로 발견됨에 따라 이쪽 세계에 나타났습니다. 바꿔 말하자면 시체가 발견된 순서대로 천국에 온 것이죠. 여기까지는 괜찮습니까? 참고로 이건 대전제입니다. 절대로 잊지 마세요."

모두 흥미 없는 듯한 얼굴로 고개를 끄덕였다. 이제 와서 무슨 소리냐고 생각하겠지.

나는 서둘러 이어서 말했다.

"그런데 그 대전제에는 문제가 있었어요. 천국에 가장 먼저 온 사람이 메이드 씨라는 거죠. 하지만《매시신문》에 따르면 최초로 발견된 시체는 남성입니다. 그 모순을 해결하는 수단으로 시체 바꿔치기라는 방법을 제시했습니다. 그러나 이 방법에도 문제가 있었어요. 범인이 요리사 씨와 함께, 다시 말해 두 번째 순서로 천국에 오게 되지요. 그래서 저는 범인이 몸을 숨기고 한동안 이쪽의 동태를 살폈다는 가설을 제시했어요. 여기까지의 이야기 기억하시죠? 제대로 이해했나요? 이해했습니까…?"

나는 한 사람 한 사람 손으로 가리키며 확인한 후 다시 소리쳤다.

"그렇다면! 그 내용은 싹 다 잊어 주세요!"

"뭐라고?"

동시에 여러 명이 소리쳤다.

"다시 말씀드리지만 대전제는 기억해 놓으세요. 그 이후의 시체 바꿔치기 등에 관한 가설은 없었던 걸로 해 주시고요. 이 가설들은《매시신문》의 기사를 근거로 했는데, 그 기사에 거짓말이 섞여 있을 가능성이 있기 때문입니다. 애초에 논리적으로 생각해 보면, 시체를 바꿔치기 해서 얻을 이익이 너무 없어요. 기껏해야 천국에 있는 우리를 혼란스럽게 만드는 정도의 효과밖에 없습니다. 물론 현세의 인간이 천국의 존재를 알 리가 없으니 범인에게는 완전히 의미 없는 행위입니다. 덧붙여서 그 후 범인이 소나무 숲에 일주일 동안 숨어 있었다는 이야기도 다소간 무리가 있지요."

내가 서둘러 그렇게 설명하자 조폭이 불만스럽다는 표정을 지었다.

"이봐, 그렇게 생각하는 것 자체가 억지 아니야? 신문 기사에 거짓이 있으니까 가설은 성립되지 않는다고 한다면 네가 말하는 대전제도 성립되지 않잖아. 유리한 부분만 믿고 불리한 부분은 믿지 않는 건 비겁하다고."

아마 조폭은 여전히 내가 범인이라고 생각하고 있을 것이다.

"네, 무슨 말을 하고 싶은지는 알겠어요. 그보다 그런 의견이 나올 것은 예측했습니다. 그래서 말인데요, 어젯밤에 시험한 게 있습니다. 아가씨에게 사용인실에 잠시 머물러 달라고 했어요."

나는 아가씨에게 시선을 보냈고, 그녀는 내 시선의 의미를 헤아리고 이렇게 말했다.

"내가 죽은 장소는 사용인실이었어요. 수염남 씨 예상

대로 방 안에 있는 동안 기억이 되살아났죠. 내가 볼 땐 신문에 쓰인 내용은 전부 진짜….”

“거기까지면 충분합니다. 이처럼 대체로 신문 기사는 진실입니다. 적어도 시체가 발견된 장소는 사실이라고 생각해도 좋아요. 그 밖에도 당일에는 비가 내렸다거나 가정부가 있었다거나 구니사와 아키오의 경력 등의 이야기는 사실로 확정했습니다. 아마 사건 현장을 발견한 사람의 증언과 발견 시각도 사실일 겁니다. 즉 대전제는 틀리지 않았어요. 하지만 이제부터는 추측인데 사람 수와 성별 등 사소한 부분은 악의적으로, 또는 뭔가를 은폐하기 위해서 거짓으로 쓰였을 가능성이 높습니다.”

나의 단언에 메이드가 냉담한 표정을 지으며 입을 열었다.

“그렇지만 신문은 이 세계의 자연 현상입니다. 현상이 거짓말을 하나요?”

나 역시 지지 않고 무뚝뚝한 표정으로 되받아쳤다.

“넓은 의미에서는 현상이라고 할 수 있어요. 하지만 그 르포르타주는 분명히 누군가가 썼습니다. 그리고 그 누군가가 바로 우리를 죽인 진범이죠.”

웅성거리는 소리가 났다. 그것은 동요가 아니라 난처함

에 기인한 것이리라.

나는 양팔을 활짝 벌리고 다섯 명을 빤히 바라봤다.

"자자, 이 자리에 모인 여러분. 아주 오래 기다리셨습니다. 지금부터 정식으로 진상 규명극을 시작하겠습니다. 다 같이 진범을 밝혀 봅시다."

사람들의 관심이 쏠리는 것을 느끼며 나는 느릿느릿 걷기 시작했다.

"먼저 범인의 인물상을 추리해 볼까요? 범인은 당연히 인간입니다. 결코 현상이나 신이 아니에요. 하지만 현세의 정보를 얻어서 그걸 기사로 쓰고 우리에게 보낸다는 대담하고 기발한 짓을 해냈습니다. 그리고 그런 일을 할 수 있는 인물이죠. 마지막으로 이게 결정타인데, 수염을 기른 남자입니다. 조폭 씨, 짚이는 데가 있나요?"

조폭은 미간을 찌푸리며 낮은 목소리로 대답했다.

"수염을 기른 남자, 구니사와 아키오인가?"

나는 씨익 웃으며 조폭을 가리켰다.

"훌륭한 대답이에요. 맞습니다. 천국 저택의 주인인 수염을 기른 노인, 구니사와 아키오가 범인입니다."

"구니사와 아키오는 사건 당시에 부재중이었을 텐데?"

"그래서 신문에 거짓말이 섞여 있다고 한 거예요."

"아니 그보다 애초에 어떻게 우리한테 신문을 보내는 건데?"

"어떻게요? 그런 건 천국에 사는 사람이라면 다 아는 사실이잖아요. 모터바이크를 타고 우편함에 넣는 거죠."

모두 난처해하는 기색이 역력했다.

그 상황을 즐기며 나는 검지를 흔들었다.

"범인인 구니사와 아키오는 천국에 왔습니다. 그렇게 생각하는 게 타당해요."

다시 메이드가 끼어들었다.

"만약에 신문 배달부를 말씀하시는 거라면 수염남 님도 아시잖아요. 그건 소리만 있고 모습이 없습니다."

"그렇죠. 곤란하네요. 왜 모습이 없을까요? 이에 관해 논의하기 전에 잠깐 영적인 잡담이라도 할까요? 우리의 영혼 아니, '잔류 사념'이라고 하는 편이 좋을까요? 죽은 후 그 잔류 사념이 천국에 오는 동안 어디를 방황했을까요?"

메이드가 고개를 갸우뚱했다. 그런 그녀에게 다시 물었다.

"한 가지 묻겠습니다. 메이드 씨가 천국에 왔을 때 저택의 상태는 지금과 같았습니까?"

"네. 지내는 사람이 늘어난 것 외에는 아무런 변화도 없습니다."

나는 모두의 얼굴을 둘러봤다.

"여러분, 이상한 느낌이 들지 않나요? 메이드 씨가 혼자일 때부터 천국에 변화는 없었습니다. 그렇다면 이 천국은 메이드 씨가 만든 세계입니까? 메이드 씨의 세계에 우리가 길을 잃고 헤맸을 뿐인가요? 아니죠? 천국은 우리의 공통 인식 및 소원으로 만들어졌어요. 이건 하늘의 계시와도 비슷한 이 세계의 절대적인 진리입니다. 결국 우리는 모습을 얻기 전부터 천국에 영향을 줬습니다. 바꿔 말하면 우리 모두는 모습은 없어도 처음부터 천국에 있었어요. 물론 그걸 기억하지는 못 하지만요. 그와 동시에 현세에도 있었고요. 이해하기 어려운가요…?"

목소리 톤을 낮추고 두 손을 가볍게 앞으로 내밀었다.

"어디까지나 가설이지만 이런 느낌이라고 생각하세요. 어제 시체가 발견됨에 따라 모습을 얻는다는 이야기 중에 양자역학의 불확정성 원리를 예로 들었습니다. 기억하시나요? 불확정성 원리를 설명할 때 가장 많이 예로 드는 게 슈뢰딩거의 고양이 이야기에요. 전문적인 이야기는 생략하겠지만 쉽게 말하자면 상자에 넣은 고양이가 살았는지 죽었는지는 관찰하는 사람이 상자 뚜껑을 열었을 때 결정

된다는 것입니다. 결정되기 전까지는 산 상태와 죽은 상태가 겹쳐서 존재해요. 우리의 상황으로 말하자면 우리의 존재가 현세와 천국에 겹쳐 있었다, 정도로 설명될 수 있겠네요. 시체가 발견되기 전까지 우리는 두 세계에 동시에 존재했습니다."

나는 양손을 포개며 이어서 말했다.

"여기까지는 괜찮나요? 따라올 수 있겠어요?"

다섯 명 모두 여전히 난처한 듯했지만 일단은 고개를 끄덕여 주었다.

"그러면 이를 근거로 해서 《매시신문》 이야기로 돌아가겠습니다. 이 신문은 다른 현상과는 확실히 성질이 다르죠? 전기, 가스, 수도, 소모품 등은 모두 우리가 죽었을 때의, 정확히는 죽기 직전의 저택 상태와 똑같이 재현되고 유지되고 있어요. 그런데 신문은 새로운 정보를 발신하죠. 애초에 현세에는 《매시신문》이 존재하지 않아요. 이건 누구의 잔류 사념으로 만들어졌을까요? 적어도 손님으로 천국 저택을 찾은 사람들은 구니사와 집안이 신문을 구독했는지 안 했는지 그 사실조차 모릅니다. 그렇다면 떠올릴 수 있는 건 구니사와 아키오, 그 사람뿐이죠. 구니사와 아키오는 신문사 사장이고 기자였으며 어렸을 때는 신문 배달도 했어요. 그에게 신문은 이른바 정체성이죠. 메이드 씨의 유니폼이나 요리사 씨의 요리사복과 마찬가지로 자신이라는 존재를 나타내려면 반드시 있어야 하는 물건입니다. 아마 신문은 그런 맥락의 연장선상에서 이 세계에 포함되었을 겁니다. 그래서 구니사와 아키오가 천국에 있다고 생각한 거고요. 그리고 저는 그가 죽었을 거라고 봅니다. 하지만 모습이 없어요. 왜죠?"

조용했다. 모두가 잠자코 있었다. 무리도 아니다. 너무나도 엉뚱한 가설이니까.

"구니사와 아키오의 의식은 현세와 천국에 동시에 존재해요. 현세를 맴돌며 원하면 사정 청취도 엿보고 기사를 완성하죠. 게다가 천국에서 직접 배달까지 합니다. 그런데 그렇게까지 정성을 다해서 만든 《매시신문》에는 거짓이 섞여 있어요. 구체적으로는 파티에 참석한 사람이 여섯 명이 아니라 일곱 명, 처음 발견된 시체는 남성이 아니라 여성. 찾아보면 그 밖에도 있을 수 있겠지만 아무튼 이 정도가 대표적인 거짓말이죠. 왜 이런 거짓말이 섞였는지 그가 범인이면 앞뒤가 맞습니다. 그는 우리를 죽일 정도로 원한을 품고 있었어요. 지금도 원망하고 있죠. 그래서 진상을 알려 주고 싶지 않은 겁니다."

거기까지 말하자 요리사가 손을 들었다.

"잘 모르겠습니다. 아니, 이야기의 내용 자체는 이해하겠는데 진상을 알려 주고 싶지 않다면 전부 엉터리로 쓰면 되는 일 아닌가요? 그런데 《매시신문》에 쓰인 내용은 대체로 진실이잖아요?"

나는 요리사의 옷을 위아래로 훑어본 후 질문에 대답했다.

"딱 거기까지가 정체성을 유지하는 한계선이 아니었을까요? 거짓말을 지나치게 늘어놓으면 신문이라는 형식을 유지할 수 없어요. 요리사 씨도 바다에 갔을 때 수영복으로 갈아입었잖아요? 하지만 요리사 모자는 벗지 않았죠. 그게 정체성을 유지하는 한계선이었어요. 아닌가요?"

그가 이해했다는 듯이 고개를 여러 번 끄덕였다.

그 뒤를 이어서 조폭이 손을 들었다.

"이봐, 수염남. 역시 말이 안 되잖아."

"어떤 부분이 말이 안 되나요?"

"처음부터 다. 조금도 타당하지 않아. 난 억지라는 생각만 들어."

"그럼 억지인지 아닌지는 본인한테 들어 볼까요?"

"본인?"

조폭의 눈이 휘둥그레졌다. 다른 사람들의 표정도 별반 다르지 않았다.

"뭘 놀라고 그래요. 전 처음부터 말했어요. 모습을 드러 내게 하겠다고."

어수선함이 절정을 맞았다. 나는 망설이고 당황한 나머지 말을 잃은 그들을 손으로 가리키며 타이르듯 신중하게 말했다.

"이제 곧 6시입니다. 신문 배달부가 올 테니 붙잡읍시다. 그러자고 이 시간에 모이게 한 겁니다."

파우치가 더듬거리며 말했다.

"모습이 없는 사람을 붙잡다니, 그게 말이 돼?"

나는 미소 지으며 이렇게 말했다.

"그게 말이죠, 방법이 딱 하나 있어요. 힌트는 참치입니다."

다섯 명은 이 말을 농담으로 받아들여야 하는지, 진지하게 받아들여야 하는지 혼란스러운 모양이었다.

나는 그런 그들에게 쐐기를 박듯 의기양양한 태도로 말했다.

"신문 배달부, 즉 구니사와 아키오는 왜 모습이 없을까요? 그건 시신이 발견되지 않았기 때문입니다. 찾기 어려운 장소에서 자살이라도 했겠죠. 그렇다면 시체를 찾으면 됩니다. 그렇게 하면 그는 모습을 얻습니다. 그래서 참치를 떠올려 보라고 한 거예요. 이 저택의 창고에는 원하는 물건이 나타나요. 하지만 생물은 소환할 수 없죠. 식물이나 동물도 기본적으로 무리입니다. 하지만 참치는 한 마리를 통째로 가져오게 할 수 있었어요. 결국 죽은 건 가능하다는 소리입니다."

호흡을 가다듬고 설명을 보충했다.

"하지만 창고에 소환하기 위해서는 충족시켜야만 하는 다른 조건이 있습니다. 아는 것만 소원을 빌 수 있다는 거죠. 다행히도 조폭 씨는 구니사와 아키오를 알고 있어요. 우리는 어떨까요? 아마 천국 저택에 머물렀을 정도니까 기억하지 못할 뿐이지 알고는 있을 겁니다. 단 이것만으로는 구니사와 아키오의 시체를 안다고 할 수 없어요. 그러면,"

나는 관자놀이에 검지를 댔다.

"머릿속에서 아키오를 죽일까요?"

이 방법은 도박이었다. 잘 될지 확실하지 않았다. 그러나 이것 외에 다른 돌파구가 보이지 않았다.

나는 손뼉을 탁탁 치며 순조롭게 지시를 내렸다.

"자, 그러면 여러분. 눈을 감고 창고 쪽을 보세요!"

다섯 명은 서로 눈짓을 한 후 마지못해 눈을 감았다.

"준비되셨나요? 그러면 먼저 구니사와 아키오를 연상하세요. 기억나지 않아도 알고 있을 겁니다. 수염을 기른 일흔한 살 전후의 남성입니다. 다른 이름은 특종왕이고 아마쿠니 신문사의 사장입니다. 제대로 연상하고 있나요? 웃는 아키오, 화내는 아키오, 우는 아키오, 부끄러워하는 아키오, 네네, 생각하세요, 생각하세요…."

여기저기에서 불만의 목소리가 터져 나왔다.

"시끄러워. 집중할 수 없잖아."

"그래. 좀 조용히 해."

"정말로 화내는 게 보고 싶어요?"

그런 불평을 무시하고 계속 지시를 내렸다.

"네네, 불평하지 말고 연상하세요. 그럼 다음 단계로 넘어가겠습니다. 머릿속에 있는 아키오를 죽이세요. 성공하기 위해서 여러 가지 방법으로 죽이세요. 죽었습니까? 죽었어요? 오호라, 조금 전까지 그렇게 웃던 아키오가, 더는 움직이지 않네요. 이건 죽은 거예요. 확실히 죽었어요. 자자자, 생각하세요, 생각하세요…."

또다시 불만의 목소리가 터졌다.

"수염남, 작작 좀 해."

"명탐정 씨, 이게 정말로 진상 규명이야?"

"웃기려는 속셈이죠? 그렇죠?"

마침내 막판에 이르렀다. 나는 다시 다그치듯이 마저 지시를 내렸다.

"그러면 다음 단계로 넘어가겠습니다. 이제 아키오는 죽었습니다. 그 시체를 갖고 싶어 하세요. 마음속으로 바라세요. 아키오의 시체를 원해요. 아키오의 시체를 원해요. 지금 당장 창고에 나타나라. 제비뽑기 경품으로 뽑혀라. 엄마, 아키오의 시체를 사 줘요. 그런 느낌으로 원하세요. 시체를 원해. 시체를 원해요. 자자, 여러분. 생각하세요, 생각하세요…."

그때 창고에서 털썩하는 소리가 들렸다.

적막이 주위를 에워쌌다. 나는 흥분을 억누르며 속삭였다.

"왔다."

모두 눈을 떴다. 조폭이 창고로 달려갔다. 파우치도 카메라를 들고 향했다. 아가씨, 메이드, 요리사도 서둘렀다. 당연히 나도. 그렇게 우리 여섯 명은 창고 앞에서 말없이 서로 시선을 주고받으며 일제히 고개를 크게 끄덕였다.

창고 문을 열고 불을 켰다. 차마 말로 표현할 수 없는 광경이 눈앞에 펼쳐졌다.

"이건…."

창고 안이 이상한 냄새로 가득 찼다.

메이드가 구역질을 했다. 아가씨가 그런 그녀를 걱정했다.

"우린 잠깐 화장실에 갔다 올게요."

파우치가 비디오카메라 모니터에서 시선을 떼며 나에게 물었다.

"이게 도대체 어떻게 된 일이야?"

나는 정신을 다잡고 그 질문에 대답했다.

"현세에 존재하지 않는 건 창고에도 나타나지 않아요. 다시 말해 현세에서도 구니사와 아키오는 이 상태였다는 거죠."

눈앞에 있는 시체는 부패가 상당히 진행돼 있었다.

눈구멍이 움푹 꺼지고 피부는 시커멓게 변색됐다. 체내의 점막이 터졌는지 온갖 구멍에서 액체가 흘러나왔다. 그렇지만 복부 파열 등의 상처는 보이지 않았다. 가까스로 사람의 형태는 유지하고 있는 것으로 보아 사후 며칠, 또는 1, 2주 정도 지난 게 아닐까 추측됐다.

조폭이 입을 막으며 창고 안으로 들어가 시체를 내려 다봤다.

"현세에서는 사건이 일어난 지 하루도 지나지 않았어. 그런데 이건…."

나도 다가가서 관찰했다.

"우리보다도 먼저 살해당했네요."

구니사와 아키오의 시체는 머리가 심하게 손상되어 있었다. 또한 입안과 옷에 흙이 잔뜩 묻어 있었다. 아마 단단한 물건에 맞아 죽은 후 어딘가에 묻혔을 것이다.

"수염남, 있잖아. 아무리 생각해도 구니사와 아키오는 범인이 아니야."

"죄송합니다. 또 멋대로 행동해서 실수했어요. 하지만…."

나와 조폭은 서로의 얼굴을 동시에 가리키며 입을 모아 말했다.

"모습을 얻는 조건은 충족했어."

복도에서 요리사의 목소리가 들렸다.

"바이크 소리가 들렸습니다."

나를 비롯한 남성 네 명은 서둘러서 현관으로 갔다. 그러나 계단 홀 가운데까지 도착했을 때 모터바이크 소리는 더 이상 들리지 않았다.

귀를 기울였다. 그러자 이번에는 현관문을 여닫는 소리가 들렸다. 조폭이 말했다.

"이봐, 저쪽에서 우리를 보러 온 거 아냐?"

긴장감이 감돌았다. 침을 삼켰다. 눈앞의 현관으로 통하는 양 여닫이 문을 노려봤다.

곧 문손잡이가 돌아갔다. 문이 서서히 열렸다. 사람의 그림자가 모습을 드러냈다.

나는 그 그림자에 말을 걸었다.

"너, 누구야."

눈앞에 선 그림자. 그것의 주인은 10대 중반으로 보이는 소년이었다. 어딘지 낡아 빠진 복장이었는데 헐렁한 바지에 멜빵을 달아 입은 차림이었다.

"누구냐고? 자네들이야말로 누군가? 내 저택에 멋대로 머무르다니."

목소리도 소년의 목소리였다. 그러나 말투만은 겉모습과 어울리지 않게 예스러웠다.

"내 저택? 설마 네가 구니사와 아키오라도 된다는 소리야?"

"처음 보는 어른한테 반말이라니 배짱이 대단한데, 애

217

송이."

눈앞에 있는 것은 확실히 소년이었다. 그런데도 위협하는 모습은 박력 넘쳤다.

"애, 애송이라니… 네가 훨씬 더 젊어, 요."

그렇게 말하자 소년은 자신의 손발과 옷을 내려다보고는 향수에 젖듯 미소 지었다.

"…과연, 그런 거였군. 난 이 시절로 되돌아가고 싶었던 거야. 희망과 꿈을 품었던 때로. 그래, 알겠어."

소년은 그렇게 혼잣말을 중얼거리더니 고개를 들고 그 자리에 있는 네 사람을 바라봤다.

"자네들한테 미안했네. 상황은 파악했어. 자네들은 이 저택에서 죽은 사람들이지?"

"아 네. 뭐, 그렇죠."

"확실히 죽은 사람은 여섯 명이었을 텐데. 다른 두 사람은 어디로 갔지?"

"지금은 자리를 비웠습니다. 그 전에 너는, 아니, 다, 당신은?"

"난 구니사와 아키오라네. 천국 저택의 주인이지. 이 외모는 신경 쓰지 말게."

"아니, 당연히 신경이 쓰이죠…."

그렇게 작은 목소리로 하소연하자 자신을 구니사와 아키오라고 소개한 소년이 불쾌한 미소를 지었다.

"자네들이 신경 쓰든 말든 나에게는 설명할 이유가 없어. 내가 알게 된 정보는 내 것이야. 무엇보다 자네들은 한창 진상을 밝히려고 하던 중이었지? 그렇다면 본인들의 능력으로 그 소원을 이루는 게 좋아."

모습은 다르지만 이 소년을 구니사와 아키오로 봐도 괜찮을까?

마음속으로 망설이고 있는데 조폭이 옆에서 속삭였다.

"이 자식은 구니사와 아키오가 분명해. 말투가 본인 그 자체야. 게다가 모습을 얻는 조건에 따라 나타난 이상 그렇게 생각하는 게 자연스럽잖아."

받아들이기 어려운 이야기이기는 하지만 소년, 이 아니라 아키오는 어떠한 정보를 아는 것 같았다. 조금 알랑거리더라도 그 속에 있는 이야기를 이끌어 내는 게 우리 모두에게 최선이리라.

"아키오 씨, 궁금한 것 좀 알려 주세요. 당신이 《매시신문》을 만들었죠?"

"그래, 맞아. 그렇지, 마지막 신문을 자네들에게 부탁하겠네."

아키오가 점잖은 얼굴로 접힌 갱지를 내밀었고 나는 잽싸게 받았다.

"마지막? 지금 마지막이라고 했어요?"

"그래. 이쪽 세계에서 실체를 얻은 지금, 더 이상 현세의 상황을 파악할 방법이 없어. 신문은 의식으로 만들어지기 때문에 발행 자체야 계속할 수 있지만 새로운 정보를 추가할 수는 없다네. 그리고 난 소원을 이뤘기에 먼저 이 세계에서 탈출하겠어."

"탈출? 소원을 이뤘다고요?"

고개를 갸웃하자 아키오도 고개를 갸웃했다.

"여기는 소원을 들어주는 세계라네. 아직 그것도 모르는 건가?"

"아니요, 그건 감으로 알고 있어요. 하지만 소원을 이루면 이곳에서 다 같이 벗어날 수 있을 줄 알았거든요. 아키오 씨, 당신은 한 사람씩 사라질 거라고 해석하는군요."

"해석이라고? 아니야, 이건 진리야. 이 세계의 법칙이지. 난 이래저래 6개월 정도 이 세계에 있었어. 아직 하늘과 바다, 섬, 그리고 저택도 전혀 없던 무렵부터 떠돌았다네. 기억도 되살아났어. 이 세계에 대해 대부분의 것들은 이해하고 있지."

나는 즉시 6개월이라는 시간을 현세의 시간으로 환산해 보았다.

"이 세계에서 6개월이라는 말은 당신은 현세에서 약 일주일 전에 살해당했군요."

아키오가 기쁜 듯이 웃었다.

"날카롭군. 자네는 꽤 재미있어."

"고맙습니다. 그래서 소원이 이루어졌다는 말은 사건의 진상을 다 파악했다는 뜻으로 받아들여도 될까요?"

"진상은 파악했네. 그보다도 조금 전 자네가 말한 대로 난 현세에서 일주일 전에 죽었어. 처음부터 봤지, 자네들이 살해당하는 모습도. 그래서 진상을 아는 것은 내겐 소원이라고 할 수 없어. 내가 이룬 소원은 다른 거라네."

"일단 진상은 아시는군요. 그럼 저희에게도 알려 주세요."

"그럴 수는 없어. 이건 내가 잡은 정보야, 자네에게 필요한 건 자네가 직접 조사하게. 단서는 있겠지?"

아키오는 신문을 가리켰다. 나는 실소했다.

"당신이 거짓말로 적었을지도 모르는데 참고가 될까요?"

그가 험악한 표정으로 내 쪽을 노려봤다.

"신문기자의 긍지를 무시하지 말게. 난 절대로 거짓말은 쓰지 않아. 거짓말하지 않는다고."

박력과 의지가 가득 들어찬 대답이었다.

뭐라고 대답할지 생각하는데 조폭이 대화에 끼어들었다.

"전 당신을 믿습니다. 당신은 확실히 거짓말은 쓰지 않아요."

조폭이 존댓말을 쓰는 모습을 처음 봤다.

"아 자네, 자네는 생전부터 알고 있었어. 분명 후쿠토메였지? 야심만만한 좋은 기자였지. 이 세계에서도 남을 불행하게 만들고 있나?"

"네? 무슨 뜻입니까?"

조폭의 볼이 떨렸다. 나는 슬쩍 귓속말을 했다.

"저 사람의 페이스에 넘어가지 않는 게 좋아요."

아키오는 방심할 수 없는 사람이었다. 그것을 고려해 가며 대화를 진행하지 않으면 아무런 정보도 얻을 수 없다.

다시 대응 방법을 짜내고 있는데, 마침 화장실에서 메이드와 아가씨가 돌아왔다. 그 모습을 본 아키오가 아가씨에게 손을 뻗었다.

"오오, 그 모습을 보는 건 오랜만이구먼. 어때, 잘 지내고 있는가?"

아가씨는 어딘가에서 솟아난 낯선 소년이 말을 걸어오자, 노골적으로 겁을 냈다. 그녀는 아무런 대답도 하지 않고 조폭의 뒤에 몸을 숨겼다.

아키오는 살짝 쓸쓸한 표정을 지었다.

"자네도 아직 대부분의 기억이 돌아오지 않았군. 유감일세. 뭐 이 저택에서 즐겁게 생활하게나. 어차피 천국의 절반은 자네 소유니까."

천국의 절반. 무슨 뜻인지는 모르겠지만 아마 일부러 뭔가를 암시하듯 그렇게 말한 것이겠거니 했다.

"아키오 씨, 번거롭게 빙 돌려서 말하는 건 이제 그만하시죠? 곧 성불할 거니까요."

"성불하기 때문에 더 그러는 거라네."

그는 그렇게 말하며 천국에 거주하는 사람들의 얼굴을 한 사람씩 찬찬히 바라봤다. 그 후 입꼬리를 끌어올리며 이렇게 말했다.

"죽기 전에 이렇게 재미있는 걸 봐서 다행이야. 여러 가지 소원이 뒤얽히면 이렇게 되는구먼. 하루토, 듣고 있느냐? 네가 아무리 저항하고 몸부림쳐 봤자 축복은 찾아오지는 않을게다. 난 이제 떠나마. 최대한 괴로워하거라. 자, 아직 시간이 남은 모양인데 자네들과 장난칠 마음은 없으니 이만 잠을 자야겠네."

갑자기 아키오가 신음했다. 그와 동시에 그의 머리에서

피가 철철 흐르기 시작했다. 투박한 복장에서 정장 차림으로 겉모습이 변했다. 얼굴의 윤곽이 일그러지고 수염이 점점 자라나며 늙어 갔다.

그렇게 아키오는 바닥 위에 쓰러졌다.

이미 소년의 모습은 사라진 지 오래였다. 눈앞에는 수염을 기른 노인의 시체만 있을 뿐.

파우치가 불안한 발걸음으로 다가가서 시체 쪽으로 카메라를 돌렸다.

"이게 어찌 된 일이야…."

나는 이를 꽉 깨물고는 이렇게 말했다.

"일부러 살해당했을 때를 강하게 생각해서 죽었어요. 명백히 의식적으로 자살한 거죠."

그 후 시체를 창고로 옮기고 우선은 그곳에 보관하기로 했다.

신선한 아키오의 시체와 부패한 아키오의 시체가 나란히 놓였다. 신선한 쪽은 본인의 기합으로 조만간 되살아날 가능성이 있었다. 여섯 명은 이를 기대했다. 매우 혼란한 지금의 상황을 헤쳐 나가려면 진상을 아는 사람에게 이야기를 듣는 것이 빠르다.

또 구니사와 아키오가 눈을 뜰 때까지 모두의 의견에 따라 사건에 관해서 말하지 말자는 규칙이 마련되었다. 모두 자세한 내용은 모르지만 분명 뭔가를 느끼고 있다. 이 사건의 배경에는 차마 직시하고 싶지 않은 음침한 진실이 웅크리고 있다는 것을.

그러나 구니사와 아키오가 눈을 뜨는 일은 없었다.

천사들의 수확

다음 날 아침 식사 메뉴는 여전히 에그 베이컨이었다. 하지만 지금까지 나온 것과는 확연히 달랐다. 달걀 프라이는 둥근 틀을 사용한 것인지 지름 10센티미터 정도의 예쁜 원을 그리고 있었고, 노른자가 금빛으로 빛났다. 흰자 테두리도 딱 먹기 좋은 정도로 바삭하게 구워졌다. 표면에는 다진 파슬리와 굵게 간 후추가 뿌려져 있다. 얇은 잉글리시 머핀 위에 놓인 채로. 마치 고급 호텔의 조식 같았다.

"잉글리시 머핀은 어제 미리 구워 놨습니다. 직접 만든 오로라 소스와 체다 소스도 준비해 놨으니 기호대로 뿌려서 드세요."

요리사는 그렇게 말하고 자리에 앉았다.

"맛있어! 이게 뭐야! 요리사 씨, 맛있어. 정말로 맛있다고!"

조폭이 흥분한 듯이 말했다.

"음, 맛있어. 난 이런 맛있는 음식을 먹은 게 태어나서 처음이에요. 아직 일주일 치의 기억밖에 없지만."

그 옆에서 내가 그렇게 말하고 있자 옆자리에 앉은 아가씨가 어이없다는 표정을 지었다.

"이봐요, 수염남 씨. 쓸데없는 말은 그만하고 그냥 솔직하게 칭찬하세요."

그런 그녀에게 요리사가 웃으며 말했다.

"괜찮습니다. 수염남 씨가 딱히 나쁜 의도로 그런 게 아니란 걸 알아요. 그가 어떤 사람인지 이젠 압니다."

"저기요, 아니, 조금 농담을 했지만 정말로 맛있어요."

"고맙습니다. 그렇게 생각해 준다는 것도 포함해서 알고 있어요."

식당 안에 여러 사람의 웃음소리가 울려 퍼졌다.

"파우치 씨, 이거 제대로 카메라에 담았어?"

"당연하지. 요리사 씨가 진화하는 기록은 다 찍어 놨어."

파우치의 대답에 메이드가 말을 보탰다.

"파우치 님은 어제 주방도 찍으셨습니다."

"어제는 좋은 그림을 찍었어."

그렇게 말하고 웃는 그에게 아가씨가 물었다.

"제가 요리사 씨를 혼내는 모습을 찍으면서 웃었죠?"

그 질문에 요리사가 부끄러운 듯이 고개를 숙였다.

"미숙해서 죄송합니다….."

"사과할 필요 없어. 난 충분히 대단하다고 생각해. 이 요리로 말하자면 음식점에 내놓아도 부끄럽지 않아. 며칠 만에 이렇게까지 실력이 는다면 앞으로는….."

거기까지 말하고 조폭은 더 이어지려는 말을 삼켰다. 곧바로 요리사가 다시 입을 열었다.

"고맙습니다. 저에게 이곳은 이미 레스토랑과 같아요. 제가 조리를 담당하고 메이드 씨가 웨이트리스, 여러분이 단골손님입니다. 단골손님이 지지해 주셔서 이 음식점과 저는 성장할 수 있었습니다. 앞으로도 더 성장하겠습니다."

"그건 반드시 취재를 해야겠네. 숨은 맛집, 점주도 고객도 천사뿐이라고."

"어머, 마스코트인 메이드 씨를 잊으면 안 돼요."

대화가 멈추지 않았다. 모두 적막을 두려워했다. 방심하면 사건에 대해 생각하고 만다. 지금까지는 진상만 밝히면 모든 일이 잘 수습될 줄 알았다. 그러나 실제로는 그 과정에서 보고 싶지 않은 것을 봐야 할 가능성이 컸다. 누군가에게는 떳떳하지 못한 과거가 있을 수 있다. 누군가에게는 살해당할 수밖에 없는 이유가 있을지도 모른다. 그런 가능성을 받아들이기에 여섯 명은 지나치게 친해졌다.

구니사와 아키오가 노린 그대로다. 아키오는 보통내기가 아니었다. 단도직입적으로 말하자면 성격이 나빴다. 그는 짧은 대화 속에 여러 가지 독을 심었다. 아주 훌륭하게 질척거리는 진흙 같은 의심을 심었다. 어지간히 만족하며 잠들었을 것이다. 천사의 축복을 빼앗는 악마와도 같은 존재. 일부에서 카리스마적 존재로 취급받은 것도 어느 정도 이해가 가는 바이다.

잠시라도 그의 존재를 잊으려고 모두 밝게 행동했다. 그치만 식사를 마쳤을 때 일순 정적이 흐르고 말았다.

그 틈을 노리듯이 조폭이 한숨을 쉬었다.

"그럼 슬슬 이야기를 해 볼까…."

이야기. 짐작은 갔다. 조폭에게 시선이 쏠렸다.

"사실은 나와 아가씨가 창고의 모습을 몇 번 보러 갔었어. 그랬더니…."

그 말을 내가 받아서 이어 나갔다.

"구니사와 아키오가 사라졌어요."

"뭐야, 너도 눈치챘어?"

"사실 저도 창고를 자주 확인하러 갔어요. 사라지는 순간을 본 건 아니지만 오늘 아침 6시에 썩지 않은 시체 쪽만 소멸한 것 같아요. 구니사와 아키오는 성불했다고 생각하는 게 타당하겠죠."

조폭이 다시 한숨을 쉬었다.

"그렇게 됐어. 그러니 이제 구니사와 아키오로부터 정보를 빼낼 순 없겠지. 게다가 오늘 아침에는 예고한 대로 신문도 안 왔지. 이렇게 되면 우리끼리 이미 주어진 재료로 진상을 밝히는 수밖에 없다고."

그렇게 말하더니 그는 미리 준비했는지 등 뒤에서 신문을 꺼냈다.

"다들 이건 확인했지?"

조폭이 펼쳐 든 것은《매시신문》'2019년 7월 21일 오전 0시 호', 즉 마지막 신문이었다.

식탁 위에 펼쳐진 지면에는 매우 짧은 정보가 추가되어 있었다. "사망한 사람은"으로 시작되는 문장 뒤에 여섯 명의 이름이 크게 기록된 것이다.

○ 아마노 기쿠코

○ 구니사와 하루토

○ 사사키 히나타

○ 다나베 스구루

○ 나루세 히데아키

○ 후쿠토메 아쓰히코

그 이름을 여섯 명은 잠자코 내려다봤다.

침묵 속에서 조폭이 이어 말했다.

"구니사와 아키오의 증언에 따르면 아무래도 나는 후쿠토메 아쓰히코라는 이름인 듯해. 하지만 생전에 내 이름에 상당히 무관심했나 본지 그걸 알려 줘도 딱히 마음에 와닿진 않네. 그러니까 앞으로도 나를 조폭이라고 불러도 돼."

나는 만일을 위해서 확인하기로 했다.

"조폭 씨, 이 정보들은 믿어도 될까요?"

그가 팔짱을 끼고 고개를 끄덕였다.

"구니사와 아키오는 거짓말을 하지 않아. 그 점만은 믿어도 될 거야."

"거짓말은 하지 않는다라. 결국 정보를 편집하거나 참

조 표제어로 하거나 숨기는 일은 있다는 말이군요."

"맞아. 어디 안 그런 게 있겠느냐마는, 기자랄까 기사라는 게 매스컴에서 주목받아야 빛을 보는 거거든. 그러다 보니 아무래도 선동하는 식의 글을 쓰는 경우도 있지. 실제로 신문을 봐 봐. 선거 속보도 아닌데 커다랗게 이름이, 이름만 가필되었어. 독자인 우리가 가장 관심 있어 할게 뭔지 아니까 마지막까지 오락거리를 제공하려고 했을 거야."

"이게 마지막 유언이라니, 생각해 보면 아키오도 외로운 사람이네요."

"아니야, 난 존경해. 그 수염 기른 노인네는 기자로서의 신념을 관철했어… 아무튼 그건 그렇다 치고 이 이름들을 보고 뭔가 짐작이 좀 돼?"

조폭의 물음에 파우치가 한 이름을 가리켰다.

"난 이 인물을 잘 알아. 이름을 보고 생각났어."

나도 즉시 그가 가리킨 이름과 같은 이름을 가리켰다.

"저도 이 나루세 히데아키라는 이름을 알아요."

조폭이 몸을 앞으로 기울였다.

"한 인물에 대해 둘이나 아는 놈이 나타나다니 의외인데? 그래서 이 녀석은 누구야?"

파우치가 대답하려는 걸 내가 순간적으로 막았다.

"파우치 씨, 제가 설명할게요. 파우치 씨는 가만히 있어요."

모두의 시선을 느끼며 나는 숨을 들이마시고 신중하게 말했다.

"나루세 히데아키는 유명 배우에요. 아역으로 데뷔했고 그 후 20년 넘게 현장에서 활발하게 활약했습니다. 하지만 최근에 돌연 은퇴를 발표했어요. 어렴풋이 기억하기로 사건 당일 그는 천국 저택에 있었어요. 동명이인 같은 게 아니고, 장본인이요."

그러자 조폭이 눈을 가늘게 뜨며 입을 삐죽 내밀었다.

"유명 배우가 연쇄살인 사건의 희생자라고? 이거 특종감인데? 현세에서는 난리도 아니겠어. 그래서? 그 유명 배우라는 작자가 우리 중에 있는 거지? 거들먹거리지 말고 빨리 말해."

나는 파우치에게 시선을 보낸 후 어깨를 움츠렸다.

"죄송해요. 얼굴이 기억나지 않아요. 파우치 씨도 그렇죠?"

"으, 응. 맞아⋯ 나도 얼굴은 기억이 안 나네⋯."

조폭은 아깝다는 듯이 코를 찡그리며 등받이에 몸을 기댔다.

"또? 그 밖에 이름 아는 놈 더 없어?"

아가씨가 아마노 기쿠코라는 이름을 가리켰다. 다른 다섯 명은 그녀가 뭔가 말하기를 기다렸다. 그러나 한참이 지나도 그녀는 입도 뻥끗하지 않았다.

기다리다 지친 조폭이 물었다.

"아가씨, 이 아마노 기쿠코라는 사람이 누구야?"

마침내 그녀가 주저하듯 입을 열었다.

"아마노 기쿠코는 내 이름이에요… 미안해요. 시기를 좀 놓쳐서 알릴 수 없었는데 난 사실 내가 누군지 생각났어요. 어제 구니사와가 '천국의 절반이 당신 것'이라고 했을 때 확실하게 기억났어요."

"모든 기억이 돌아온 거야?"

"다는 아니에요. 어디까지나 저에 대한 것만요. 조폭 씨나 파우치 씨도 자신의 직업만 생각났죠? 그거랑 비슷한 느낌이에요."

"그럼 생전에 아가씨는 어떤 사람이었어?"

또다시 적막이 감돌았다. 아가씨가 고개를 천천히 가로저었다.

"말하고 싶지 않아요. 말하고 싶지 않아…"

"나도 딱히 강요하고 싶지 않지만 구니사와 아키오가

천국의 절반이 당신 것이라고 한 말은 역시 흘려들을 수가 없어."

"그건 구니사와가 저를 괴롭히려는 속셈으로 말한 거예요. 그 사람은 대뜸 그런 말을 한다니까요. 저런 식으로 뭔가 그럴듯하게 에둘러 말해서 나중에는 꼼짝도 못하게 만들어요. 안심해요. 사건의 진상과는 그다지 상관없는 일이니까."

"구니사와 아키오에 대해 꽤 잘 아는 것 같은데? 이봐, 뭐가 사건과 상관이 있는지 없는지는 알 수 없어. 아가씨도 천국의 절반이라는 말만으로 기억이 되살아났잖아. 말할 수 있는 데까지라도 좋아. 너에 대해서 알려 줘."

진심 어린 호소에 아가씨가 체념한 듯이 고개를 숙였다.

"…그럼 조금만요. 천국 저택 이름의 유래가 된 아마쿠니 신문사라는 회사명은 아마노天野와 구니사와国沢의 이름에서 따온 거예요. 구니사와는 사사건건 그 이름을 빌미로 나한테 회사와 저택을 지키라고 강요했어요. 표면적으로는 당신을 위해서라든가 절반은 당신 것이라는 말을 해 가면서요."

그러자 조폭이 다음과 같이 물었다.

"무슨 말이야? 아마노 가문과 구니사와 가문이 오래전

235

부터 가까이 지냈다는 뜻이야?"

"그래서 말하고 싶지 않다고 했잖아요!"

두 사람 사이에 험악한 분위기가 감돌았다.

결국 이쪽에서 중재에 나설 수밖에 없었다.

"둘 다 진정하세요. 조폭 씨, 아마노 가문이나 구니사와 가문과 같은 이야기는 아가씨의 말대로 사건의 진상과 상관이 없어요. 그보다 달리 더 물어볼 게 있잖아요. 아가씨, 있지?"

"나한테 물어볼 거? 뭘까요?"

"넌 천국 저택에서 살았잖아."

내가 대답을 기다리듯 지그시 응시하자 그녀가 마지못해 이렇게 말했다.

"역시 난 수염남 씨가 싫어요. 얼굴은 잘생겼는데… 알겠어요. 결국 이것만은 말해야 할 것 같네요. 별로 내키지는 않지만…."

거기까지 말하고 아가씨가 메이드를 바라봤다.

"있잖아요, 메이드 씨. 당신은 누구예요?"

메이드로부터 이렇다 할 대답이 없자 조폭이 고개를 갸웃했다.

"이봐, 아가씨. 갑자기 무슨 말이야?"

236

"무슨 말이냐니, 말 그대로예요. 메이드 씨는 이 저택의 가정부가 아니에요. 천국 저택의 가정부는 저인걸요."

동요가 일었다. 특히 메이드는 입술이 떨릴 정도로 당황했다.

조폭과 파우치가 아가씨와 메이드의 얼굴을 번갈아 가며 쳐다봤다. 마지막으로 대답을 재촉하듯이 메이드에게 시선을 고정했다. 메이드는 더듬거리며 말했다.

"제가, 제가 누구냐고요? 죄송합니다. 기억이 나지 않아요…."

아가씨가 석고로 굳힌 듯한 너무나도 아름다운 미소를 지으며 말했다.

"비난할 생각은 없어요. 화나지도 않았고요. 난 당신이 사랑스럽고, 그런 당신을 아주 좋아해요. 그러니 알려 줘요. 착한 사람이잖아요."

"정말로 기억나지 않습니다…."

"그렇다면 왜 사용인실을 사용했죠? 그곳은 내 방이잖아요? 메이드 씨가 그곳에 있었기 때문에 난 내가 죽은 장소를 생각해 내는 데만도 시간이 꽤 걸렸어요. 화내지 않을 테니까 솔직하게 말해 봐요."

"정말이에요. 머릿속이 멍해져서 생각나지 않습니다. 전이 옷을 입고 있어서 제가 가정부라고 생각했을 뿐입니다. 나쁜 짓은 하지 않았어요….”

“당연하죠. 당신이 나쁜 짓을 할 리가 없어요. 난 알고 싶을 뿐이에요. 당신이 솔직해져야 나도 당신을 지킬 수 있어요.”

메이드는 눈을 크게 뜨고 어금니를 딱딱 부딪치며 온몸을 떨었다.

요리사가 달려와서 그런 그녀를 껴안으며 속삭였다.

“메이드 씨, 진정해요. 이제 괜찮으니까요….”

더 이상 대화를 계속할 수 있는 분위기가 아니었다.

나는 아가씨를 가리키며 호루라기를 부는 행동을 했다.

“삐익삐익. 아가씨, 얼굴이 무서워.”

그녀는 정신을 차린 듯이 잠시 등을 편 후 바닥을 보며 고개를 가로저었다.

나는 손가락을 튕기고 이번에는 파우치를 가리켰다.

파우치가 고개를 끄덕이며 손뼉을 크게 쳤다.

“자자, 대화는 이 정도로 하고 일단 해산합시다.”

당연히 아무도 반론하지 않았다. 모두 서로 시선을 마주치지 않고 고개를 떨구듯이 끄덕였다.

식당을 뒤로하고 혼자서 응접실로 향했다.

희생자가 잠들었던 소파에 엎드려 누워 봤다. 다리가 조금 밖으로 나왔지만 잠자리가 꽤 편했다. 그 자세로 나는 곰곰이 생각했다.

구니사와 아키오는 몇 가지 정보를 일부러 우리에게 흘렸다. 그러나 지금 와서 돌이켜 보건대 그가 제공한 단서 중 가장 결정적인 건, 그의 모습 그 자체가 아니었을까? 지금 떠오른 가능성이 사실이라고 한다면 필연적으로 범인은 그 사람일 수밖에 없다.

그 사람은 대체 무엇 때문에 그런 위증까지 해야 했을까. 아마 머잖아 기억도 돌아올 것이다.

거기까지 생각이 이르렀을 때 문이 열렸다.

"수염남 씨, 여기에 있었구나."

파우치의 목소리였다. 나는 몸을 일으켜서 소파에 앉았다.

"여기에 있었냐니, 절 찾았어요?"

"아아 뭐, 응. 그랬지."

그는 그렇게 말하고 맞은편 자리에 걸터앉았다.

그가 나를 찾은 이유는 짐작이 간다. 그러나 일부러 얼버무렸다.

"추리하는 중이라서 재미있는 일은 없어요. 다른 사람을 찍는 게 낫지 않아요?"

"다른 사람? 그럴 분위기가 아니라고."

"아직 메이드 씨의 상태가 안 좋아요?"

"아하, 메이드 씨라면 괜찮아져서 산책하러 갔어. 그보다도 뭔가 아가씨가 침울해해서 조폭 씨가 필사적으로 달래고 있지."

어쩐지 얼버무리는 말투로 적당히 둘러댄 파우치가 이번엔 나를 관찰하기라도 하는 듯한 시선을 보냈다.

"수염남 씨는 침착하네."

"그러니까 그렇지 않다고요. 연기하는 것뿐이에요."

순간 정적이 흘렀다. 파우치는 시선을 떨어뜨리고 툭 한마디를 중얼거렸다.

"수염남 씨가 범인이야?"

"뭐라고요? 왜 그렇게 되죠?"

"아니, 조폭 씨가 그렇게 말했고 게다가…."

그는 고개를 들고 내 쪽을 빤히 바라보며 이어서 말했다.

"게다가 왜 자신이 나루세 히데아키라고 밝히지 않았어? 수염남 씨의 얼굴은 나루세 히데아키 본인이잖아?"

나는 마른침을 삼키고는 긴장한 채로 대답했다.

"아마 아닐 거예요. 아직 제대로 설명할 수 없지만 아무튼 아니라고요. 제가 그런 유명 배우일 리가 없잖아요. 그분한테 미안할 정도예요….."

파우치는 고개를 갸웃하며 이해할 수 없다는 듯한 표정을 지었다.

"하지만 적어도 배우잖아? 난 줄곧 생각했어. 수염남 씨의 발화나 몸짓이 초보자가 아니라고 말이야. 분명히 명배우일 거야."

"아니에요. 아니라고요. 배우가 아니에요. 전 명배우 같은 게 아닙니다."

"그렇게까지 단정적으로 부정한다는 건 기억이 돌아온 거지?"

"왜 이럴 때만 날카롭게 지적하는 거죠? 평소에는 어디 하나 나사가 풀린 것처럼 행동하면서… 아, 미안해요. 실언을 했습니다. 그리고 아까는 사람들 앞에서 이 얘기를 하지 않아 줘서 고마워요. 나루세 히데아키에 관해서는 확신이 없었기 때문에 모두가 이상한 오해를 하지 않았으면 해서 가만히 있었어요."

"뭔가 알아낸 거지?"

"네? 뭐 그럭저럭 맞아요. 생각이 정리되면 보고할게요."

"역시 명탐정이야. 기대할게."

파우치가 눈을 반짝였다. 어째서 중년이 되어서도 저런 순수한 얼굴을 할 수 있는지 희한했다. 그리고 왜 이런 사람이 살해당했는지도 의문이었다.

그때 정원을 걷는 메이드의 모습이 시야에 들어왔다.

나는 일어서서 밖으로 통하는 유리문에 다가갔다.

"파우치 씨, 잠깐 볼일이 생겨서 전 밖에 나갑니다. 또 봐요."

"아, 그래. 나중에 봐. 난 요리사 씨라도 찍고 올게."

그 말을 듣고 문득 아이디어 하나가 머릿속에 떠올랐다.

"맞다, 파우치 씨. 나중에 비디오카메라 좀 빌릴 수 있을까요? 지금 창고는 아키오가 발효 중이라서 물건을 주문할 수 없고 믿을 수 있는 건 파우치 씨뿐이에요."

"빌려달라니, 얼마나?"

"예상할 수 없는데 빠르면 몇 분? 어쩌면 몇 시간일지도 몰라요."

"아, 그럼 저녁 식사 후에는 괜찮아."

"알았어요. 그럼 그때 빌리러 갈게요. 이따 봐요."

유리문을 열어 놓은 채 정원으로 나갔다. 메이드를 찾아 정원 이곳저곳을 돌아다녔다.

메이드는 우편함 근처의 화단을 내려다보고 있었다.

"거기에 뭐가 있어요?"

뒤에서 말을 걸었다. 메이드가 힘없는 표정으로 돌아봤다.

"아니요. 아무것도 없어요."

나는 그 옆에 쭈그리고 앉아서 흙이 드러난 화단을 바라봤다. 그곳에는 커다란 구멍이 뚫려 있었다. 흙 속에 텅빈 굴이 생겨서 무너져 내린 것처럼 보였다.

"아이고, 모처럼 심은 모종이 못쓰게 되었네요. 메이드 씨가 심은 거죠?"

"죄송합니다. 기억나지 않아요."

"자칭 천국 저택의 가정부인 아가씨가 그저께 말했어요. 천국 저택에서는 시중에서 판매하는 모종을 정원에 심지 않는다고 해요. 알고 있었어요?"

"아뇨, 몰랐습니다."

"저는 이 모종을 심은 게 당연히 저택 관계자일 거라고 생각했거든요. 근데 아무래도 그 사람이 정원 가꾸기만큼은 그다지 경험이 없었나 봐요. 그런데 왜 흙을 다시 팠을까요? 그리고 왜 이제 와서 구멍이 뚫렸을까요? 이유가 뭐라고 생각해요?"

그렇게 말하고 메이드의 얼굴을 올려다봤다. 그녀가 괴로운 듯한 표정을 지었다.

"믿지 않으실지 모르겠지만 저는 정말로 목을 베여서 살해당한 것 외에는 기억나지 않습니다. 다른 사람들처럼 뭔가 생각나는 것도 없어요…."

나는 다시 정원에 뚫린 구멍을 봤다.

아마 이 구멍이 뚫린 까닭은 구니사와 아키오 때문일 것이다. 그의 시체를 이곳에 파묻느라.

"아키오인가… 그렇구나. 네. 메이드 씨의 말을 믿습니다. 믿을 수 있어요. 구니사와 아키오는 마음속으로 바란 것만으로 신문을 발행할 수 있었나 봅니다. 대단하죠?"

"…갑자기 무슨 말씀이시죠?"

"그냥 들으세요. 천국은 공통 인식과 소원으로 만들어졌어요. 제가 이 저택에 왔을 때 메이드 씨가 알려 준 겁니다. 결국 소원은 세계에 영향을 주잖아요. 예를 들면 기합으로 죽은 사람이 되살아난다거나 창고에 물건이 나타나는 현상, 구니사와 아키오의 신문 발행, 모두 소원의 힘이에요. 우리가 생각한 것보다 그 힘은 유능했고요. 그래서 기억하고 싶지 않다는 소원 때문에 기억이 사라질 수도 있다고 봅니다."

메이드의 얼굴을 살폈다. 뭔가 생각에 잠긴 모양이었다. 나는 이야기를 이어 가기로 했다.

"생각나죠? 우리는 자신의 이름을 기억하지 못해요. 사망자 리스트를 앞에 두고도 기억해 내지 못했어요. 조폭 씨와 아가씨는 이름이 밝혀졌지만 그건 구니사와 아키오에게 힌트를 얻은 덕분이었죠. 그런 주제에 동경하는 사람의 이름은 기억해요. 부자연스럽지 않나요? 메이드 씨는 아마 자신의 소원 때문에 기억을 잃은 겁니다. 후회나 괴로움, 그런 걸 잊고 싶어서 생전의 이름이나 경력도 의식적으로 지워 버렸죠. 새로 시작하기 위해서…."

"마치 장미의 가지치기 같네요. 새로운 꽃눈을 위해 가지를 짧게 치잖아요."

"맞아요, 그런 느낌이에요. 메이드 씨는 우리보다 훨씬 더 강력하게 '잊고 싶다'고 바란 거예요. 이곳은 소원을 들어주는 세계고, 우리는 기억을 잃는다는 소원을 이미 이뤘어요. 하지만 잊으면 잊는 대로 이번에는 진실을 알고 싶어 하죠. 정말 제멋대로네요."

나는 일어서서 메이드 쪽으로 돌아섰다.

"사실은 이런 이야기가 아니라 질문 공격을 할 생각이었는데 기억나지 않는다니 어쩔 수 없네요. 저택으로 돌아가겠습니다. 시간 내줘서 고마워요."

자리를 뜨려고 메이드로부터 등을 돌렸을 때 그녀가 갑자기 나를 불러 세웠다.

"수염남 님, 죄송합니다. 사실 저 조금 전에 거짓말을 했어요."

뒤돌아보며 고개를 갸웃했다.

"거짓말이라고?"

"네. 전 살해당한 때의 기억 말고도 딱 하나 더 기억나는 게 있어요. 보고 싶은 사람이 있습니다. 어렴풋한 기억이라 그 사람의 모습이나 이름도 확실히 생각나지 않지만 매우 소중한 사람이었다는 것만은 알아요. 분명히 완전히 잊어버리는 건 바라지 못했을 거예요."

나는 미소 지으며 부드러운 목소리로 메이드에게 말했다.

"아마 그 사람도 메이드 씨를 소중하게 생각하고 있을 겁니다."

메이드는 입을 굳게 다문 채 모호하게 끄덕였다.

나는 손을 작게 흔들고 그 자리를 떠났다.

해가 진 후 나는 방에 틀어박혀 《매시신문》을 닥치는

대로 읽었다.

점심과 저녁 식사를 마치고 잠시 모여 의견을 교환하는 시간을 가졌다. 주로 사망자 리스트에 관한 내용이었는데, 결국 누가 어떤 이름인지 특정할 수는 없었다. 아가씨는 아무 말도 하고 싶어 하지 않았고 메이드는 아무것도 기억하지 못했다. 리스트에 나와 있는 이름 중에는 성별조차 가늠할 수 없는 것도 있었다.

"그 수염 노인네, 일부러 그랬네."

구니사와 아키오는 의도적으로 나이나 성별 같은 정보를 지면에 싣지 않았을 것이다. 거짓말하지 않고 남을 효과적으로 괴롭히는 방법을 선택한 게 확실하다. 이는 원한을 풀거나 가십을 제공하려는 이유 때문은 아니리라. 그냥 천성이 그런 것이다. 그저 단순히 그런 걸 좋아하는 뒤틀린 성미를 가진 것이다. 전에 아가씨와 나눈 대화를 떠올리면 충분히 일리 있는 추측이었다. 그렇기 때문에 그는 살해당했다. 한숨이 절로 나왔다.

신문 내용을 읽는 한 지금 떠올린 가설은 타당했다. 나머지는 실험이라도 해서 확증을 얻기만 하면 된다.

구니사와 아키오는 소년의 모습으로 나타났다. 그러나 노인의 모습으로 죽었다. 그렇다면….

나는 빌려 온 비디오카메라를 삼각대에 세팅하고 녹화 버튼을 눌렀다. 그런 다음 침대에 누워서 눈을 감고 머릿속으로 살해당한 순간을 강하게 떠올렸다.

머릿속에서 짧은 장면이 반짝하고 떠올랐다. 어두컴컴한 방이 보였다. 촛대형 벽등이 빛났다. 누군가가 찾아왔다. 잘 아는 얼굴이었다. 동경, 아니, 숭배에 가까운 감정이 마음속을 채워 갔다.

—이런 시간에 무슨 일이에요?

—같이 가자. 정장으로 갈아입어.

넥타이를 매기 위해 전신 거울 앞에 섰다. 잘 아는 그 인물이 등 뒤에 섰다. 벽등의 빛이 그 얼굴을 선명히 비췄다. 그의 얼굴에는 수염이 나 있었다.

—깜짝 파티 준비인가요? 왜 정장으로 갈아입죠?

—사소한 축복을 위해서야.

그의 손에서 뭔가가 빛났다. 클레버 나이프였다.

일직선의 하얀 궤적이 그려졌다. 목 부분에 생긴 상처가 마치 웃는 것처럼 입을 쩍 벌렸다. 시뻘건 침이 흘러나왔다. 격통이 심해졌다. 눈을 크게 떴다. 죽음을 직감했다.

옷이 빨갛게 젖었다. 아니, 젖은 것은 베개였다. 이것은 꿈인가? 현실 속 방인가? 머릿속이 뒤죽박죽인 채로 서서히 식어 갔다. 눈에 비치는 풍경이 일그러졌다.

마침내 나는 침대 위에서 신음도 내지 못하고 숨이 끊어졌다.

그 후 얼마나 시간이 지났을까?

눈을 떴다. 밤바다를 생각나게 하는 꿈결 같은 몽롱함에서 무사히 깨어날 수 있었나 보다. 진상을 모르고 죽고 싶지 않았다. 그런 소원 또는 기합으로 무사히 부활한 모양이다. 나는 몸을 일으켜서 실내를 둘러봤다. 죽기 전과 비교해 아무런 변화가 없었다. 시계를 보니 의식이 없었던 것은 고작 몇 분 정도였다.

"어우, 아파. 절대로 더는 죽고 싶지 않아."

목 부분을 달래듯이 쓰다듬은 후 황급히 비디오카메라를 확인했다. 제대로 찍힌 듯해 바로 녹화 영상을 틀었다.

죽기 직전의 시간을 가늠해서 재생 버튼을 눌렀다. 모니터에는 침대 위에서 피를 흘리며 경련하는 내 모습이 비쳤다.

영상을 다 보고 나는 침대에 앉아서 머리를 감싸 쥐었다.

"그럴 줄 알았어. 내가 미남일 리가 없지. 역시 난 유명한 배우 같은 게 아니었어. 맞아, 나는…."

근처에서 흔히 볼 수 있는 피다 만 잡초였다.

아홉. 　　　소원

"오늘 아침도 찾아 주셔서 고맙습니다."

요리사와 메이드가 고개 숙여 인사했다.

그와 동시에 식당 안이 조용해졌다. 조금 전까지는 부자연스러울 정도로 시끌벅적했는데 식사를 끝마치자마자 또 헛된 논의가 시작되지는 않을까 모두 불안해 보였다.

그런 분위기 속에서 내가 조심스럽게 손을 들었다.

"저, 잠시 할 이야기가 있는데요."

힘이 빠진 시선들이 모였다. 모두 말이 없었다. 그것을 무언의 동의라고 받아들이고 재빨리 이야기를 시작했다.

"제가 사건의 진상을 알아낸 것 같아요."

그 말에 조폭이 훼방을 놓았다.

"역시 네가 범인이었어?"

"그런 농담은 그만하시죠? 진지하게 말하는 겁니다."

"그럼 당장 그 진상에 대해 말해 봐."

"그게 말이죠, 말할지 말지 망설였습니다."

곤란한 기색이 살짝 감돌았다. 조폭은 눈을 가늘게 뜨고 천천히 말했다.

"혼자만 성불할 생각이야?"

나는 고개를 가로저었다.

"그럴 생각은 없어요. 오히려…."

"우물쭈물거리지 말고 빨리 말해."

나는 결심하듯 크게 숨을 들이마셨다.

"다 함께 성불하지 않는 쪽을 선택할 수도 있습니다."

다시 적막이 감돌았다. 다섯 명은 각자 생각에 잠겼다.

그런 그들에게 다그치듯이 말했다.

"진상 규명을 포기하고 이대로 사건을 잊는다면 여섯 명이서 영원히 함께 놀 수 있어요. 그야말로 날마다 바다에 가고 날마다 요리사 씨의 레스토랑에 다니며 창고에 소원을 빌어 원하는 걸 주문할 수 있죠. 영화도 찍을 수 있고 원하는 만큼 기사도 쓸 수 있어요. 그런 생활도 즐

겁지 않을까요? 게다가 질리면 자기가 원할 때 (잠깐이나마)
죽을 수 있어요."

대답이 없었다. 당연하다. 나도 어젯밤부터 혼자 계속
고민했으니까. 그 자리에서 대답을 내놓기란 쉽지 않을
것이다. 오늘의 대화는 이걸로 끝이다.

그렇게 생각했을 때 누군가의 목소리가 들렸다.

"저는 진상을 알고 싶습니다…."

가냘픈 목소리. 메이드의 목소리였다.

"전 진상을 알고 싶어요. 제가 누군지 알고 싶다고요. 저
에게는 생전에 큰 꿈이 있었습니다. 확실히 있었어요. 하
지만 어떤 꿈이었는지 그것도 생각나지 않습니다. 만약에
진상을 밝혀서 기억이 되살아날 수 있다면 저는 알고 싶
어요. 그렇게 하면 마음은 충족될 것 같습니다."

메이드는 뭔가 각오를 다진 듯한 표정을 하고 있었다.
확실한 건 아니지만 그녀가 이야기한 큰 꿈이란 어제 말
한 소중한 사람에 관한 일일 것이다.

그 의견에 대해 다른 사람들은 어떻게 생각하는지 확인
하기 위해서 주변으로 시선을 돌렸다. 그러다 아가씨와 시
선이 마주쳤다. 그녀가 온화한 미소를 지었다.

"저도 알고 싶어요. 그보다 받아들여야만 하는 사실이

있는 것 같아요. 게다가 누구 씨가 말한 것처럼 미련 덩어리로 만들어진 이 세계에서 빨리 벗어나는 게 좋잖아요."

계속해서 조폭이 말했다.

"누구 씨는 나를 말하는 건가? 뭐, 그래. 아가씨가 말한 대로야. 진상을 알아내려고 하지 않는 건 회피하는 느낌이 들어서 아무래도 꺼림칙해."

나는 답답한 얼굴로 조폭에게 물었다.

"제 추리를 들으면 회피하지 않은 걸 후회할 수도 있는데요?"

"애쓰지 마. 애초에 네 추리는 늘 빗나갔어."

그렇게 말하고 그는 까불대듯이 웃었다.

나도 웃었다. 늘이라는 말이 재미있었다. 늘. 그건 거듭 쌓인 시간에 의해 생기는 말이다. 고작 일주일 정도라고 해도 여섯 명은 늘 함께 있었다. 그리고 늘 대화를 나눴다.

"…그렇군요. 알겠습니다. 그럼 진상을 밝힐까요?"

지금 우리의 모습은 제철이 아닐 때 핀 꽃과 닮았다. 그에 비해 겹겹이 쌓인 시간과 과거는 줄기와 뿌리라고 할수 있다. 아무리 그게 화려함이 부족한 부위라고 해도 줄기와 뿌리가 없으면 꽃은 일그러진 모조품일 뿐이다. 역시 한때의, 늘, 원래의 자신을, 진실을, 되찾아야만 한다.

"다른 의견 있습니까?"

그 누구도 나서는 이가 없었다.

나는 고개를 한 번 끄덕이고는 말했다.

"그럼 약 1시간 후 오전 9시에 계단 홀에 모여 주세요."

일단 해산했다.

요리사는 주방으로, 조폭과 아가씨는 2층으로 향했다.

파우치에게 준비를 도와달라고 말을 걸려는 참에 그 쪽에서 먼저 내게 다가왔다.

"수염남 씨, 강연회를 하려고 홀에 모이라 한 거지?"

"네, 맞아요."

"좋은 영상을 찍을 수 있겠어?"

"그게 말이죠, 사실은 비디오카메라를 한 번 더 빌려주셨으면 좋겠어요. 촬영은 포기하고요."

"뭐? 그건 유감인데…."

"그 대신에 충격적인 걸 보여 줄게요."

"그건 기대되네. 가슴이 두근거려."

"두근거린다니… 파우치 씨는 정말로 종잡을 수가 없네요."

그런 대화를 나누고 있는데 시선이 느껴졌다. 식당 구석에서 메이드가 불안한 듯한 표정으로 이쪽을 바라봤다.

나는 파우치에게 양해를 구한 후 그녀에게 다가갔다.

"메이드 씨, 안심하세요. 괜찮아요."

"뭐든지 꿰뚫어 보는 듯한 말투군요."

"네. 메이드 씨의 소중한 사람은 분명히 당신을 도와주러 나타날 겁니다."

당연히 그 말의 진의는 메이드에게 통하지 않았다. 그러나 더 이상의 설명은 불필요했다. 나는 뒤돌아서 강연회 준비를 시작하기로 했다.

지금 설명하지 않아도 곧 모든 게 밝혀질 것이다.

계단 홀에 대형 텔레비전을 설치했다. 물론 방송은 나오지 않는다. 커다란 모니터로 활용할 예정이었다. 파우치에게 도움을 받아 여러 장치를 연결했다.

작업을 끝마치고 고개를 들자 천사들이 이미 삼삼오오 모여 있었다. 저마다 생각하는 바가 있는지 복잡한 얼굴들을 하고 있었다. 돌이켜 보니 처음 이 저택에 왔을 때 본 그들의 표정도 저렇듯 복잡해 보였다. 괜스레 감개무량했다.

시각은 곧 오전 9시.

쓸데없는 서론은 필요 없으리라. 자, 마지막 연극을 시작해 볼까?

천장을 올려다봤다. 창문에서 무대 조명을 연상케 하는 빛이 쏟아졌다. 기둥과 허리벽이 구릿빛으로 빛났고 주변은 휘황찬란하게 물들었다. 이 아름다움에 지지 않도록, 이 아름다움을 몸에 걸치듯이 나는 똑바로 섰다. 위를 올려다본 채 숨을 크게 들이쉬고 내뱉으며 고개를 숙였다. 양손을 좌우로 펼친 후 배 앞으로 천천히 포갰다. 고개를 들고 정면을 바라보며 극의 시작을 알리는 대사를 말했다.

"이곳은 천국입니다."

한순간 분위기가 얼어붙었다. 시간이 멈춘 것처럼 조용해졌다. 그 누구도 입을 열지 않았다. 모두 이쪽을 주목했다.

"이곳은 소원을 들어주는 세계입니다."

다시 한번 깊이 호흡했다. 한 사람 한 사람의 얼굴을 순서대로 바라봤다. 적막이라는 배경음을 충분히 만끽하게 한 다음 눈을 가늘게 뜨고 목소리를 낮춰 이렇게 말했다.

"그리고 소원 때문에 일그러진 세계죠."

한쪽 발을 뒤로 한 걸음 빼서 몸 전체를 오른쪽으로 돌리고 나는 천천히 걷기 시작했다.

"…천국에 머무르는 사람들에게는 소원이 있어요. 그

소원을 이뤘을 때 사람들은 천국에서 벗어날 수 있습니다. 이것은 하늘의 계시이고 진리이며 법칙입니다. 그럼 소원이란 무엇일까요? 먼저 모두에게 공통된 소원이 있습니다. 바로 사건의 진상을 밝히는 것입니다. 또 저마다 개인적인 소원도 있지요. 이 저택의 주인인 구니사와 아키오는 이미 그 두 소원을 모두 이뤄서 무사히 성불했습니다. 그의 개인적인 소원은 무엇이었을까요?"

다섯 명의 눈치를 살폈다. 이리저리 생각하는 모양이었다.

"그의 개인적인 소원이 무엇이었는지 그 답은 일단 제쳐 두고 우리의 소원에 관해서도 생각해 볼까요? 파우치 씨의 소원은 영화를 찍는 것이었어요. 조폭 씨의 소원은 특종을 취재하는 것이었고요. 그럼 다른 네 사람은 어떨까요?"

발걸음을 멈추고 묻자 요리사가 손을 들었다.

"저는 실력 있는 요리사가 되고 싶습니다."

"네. 멋진 소원이네요."

다른 의견을 구하며 주변을 바라봤다. 그러자 이번에는 아가씨가 손을 들었다.

"난 좋은 남자를 만나고 싶어요."

"그것도 훌륭한 소원이야."

확인을 위해서 메이드에게도 시선을 고정했다. 그러나 예상대로 그녀는 아무 말도 하지 않았다.

그 뒤로 더는 이어지는 의견이 없었다. 그래서 내가 마저 말했다.

"사소한 것도 포함하면 그 외에도 여러 가지 소원을 들수 있겠죠. 하지만 제가 하고 싶은 이야기는 그런 게 아닙니다. 사실은 저를 포함한 네 사람에게는 공통된 소원이 있어요. 아니, 정확하게는 소원이 있었습니다. 그리고 그 소원은 구니사와 아키오의 소원과 같아요."

나는 일단 여기서 말을 끊었다. 다섯 명의 관객은 어리둥절한 표정을 하고 있었다.

그들을 안심시키기 위해 마저 본론으로 들어가기로 했다.

"오늘은 사건의 진상에 관해 설명하겠습니다. 지금까지 한 이야기는 소원에 관한 것이었습니다. 상관없는 이야기처럼 느껴질 수 있겠으나 이 소원이야말로 진상에 다가가는 과정을 복잡하게 일그러뜨렸습니다. 반대로 말하자면 감춰진 소원을 밝히면 모든 게 해결될 것입니다."

엉덩이 주머니에 꽂아 놓은 신문을 뽑아서 높이 치켜올렸다.

"아시다시피 이것은 구니사와 아키오가 만든《매시신문》입니다. 저는 어제 그가 이 신문에 거짓말을 군데군데 섞었다고 말씀드렸죠. 기억납니까?"

나는 둥글게 만 신문으로 한 사람 한 사람 가리키고는 소리쳤다.

"그럼 그건 다 잊으세요!"

파우치가 입을 삐죽 내밀었다.

"그럴 줄 알았어."

그 지적에 사과하듯 살짝 고개를 아래로 숙이고는 곧바로 설명을 이어 나갔다.

"여기 실린 기사는 대부분이 사실이라고 확정했습니다. 어제는 구니사와 아키오가 범인이라는 전제하에 신문 내용으로 봤을 때 앞뒤가 맞지 않는 부분만 거짓말이라고 판단했습니다. 그런데 구니사와 아키오는 일주일도 더 전에 죽었습니다. 당연히 그는 우리를 죽일 수 없고 거짓말을 쓸 필요도 없어요. 그렇다면 기사 자체는 모두 사실이라고 생각해도 되겠죠? 조폭 씨, 어떻게 생각합니까?"

"그 말이 맞아. 어제도 말했지만 구니사와 아키오는 거짓말을 쓰지 않아."

"그럼 이제부터는《매시신문》을 전면적으로 믿고 이야

기를 진행하겠습니다. 기사의 내용이 모두 사실이라고 한다면 사흘 전에 제시한, 시체가 발견된 순서대로 우리가 천국에 왔다는 이야기와 시체가 바꿔치기 됐다는 이야기가 현실성을 띠게 됩니다. 전자의 경우, 저는 여전히 그게 진실일 수밖에 없다고 생각해요. 하지만 후자는 뭐랄까, 어렵지 않을까 싶은데….”

일부러 말을 더듬거리자 요리사가 작은 목소리로 말했다.

“부정할 근거가 없는 겁니까?”

나는 시선을 피하고 신문을 텔레비전 근처에 던져 버렸다.

“너무 조급해 마세요. 분명 완전히 부정할 수는 없습니다. 하지만 어제도 말했듯이 시체를 바꿔치기하는 수법은 범인으로서는 득 될 게 너무 없어요. 그리고 무엇보다 이 사건의 범인이 그런 복잡한 일을 하리라고는 생각할 수 없습니다.”

나는 얼굴 앞으로 검지를 천천히 세우고 신중하게 말을 이어 나갔다.

“생각해 보세요. 먼저 사건 당시 우리가 천국 저택에 머무른 이유는 비가 억수로 쏟아졌기 때문입니다. 불가항력의 연금 상태였죠. 결국 우연이에요. 여기서 알 수 있듯이 계획적인 범행이 아니라는 것만은 분명합니다."

나는 세운 손가락을 힘차게 흔들며 다시 말했다.

"다음으로 살해 방법이 이상합니다. 범인은 클레버 나이프라는 손도끼와 같은 칼로 우리들의 목을 벴습니다. 그냥 식칼로 찌르는 게 간단할 텐데요. 도대체 왜 그런 방법으로 살해했을까요?"

질문을 던지자 조폭이 손을 번쩍 들었다.

"목을 베는 것 자체에 의미가 있었구나?"

나는 어깨를 으쓱이고는 고개를 가로저었다.

조폭이 노골적으로 혀를 찼다. 그 모습을 보고 나는 무심코 웃고 말았다.

"저도 조폭 씨와 똑같이 생각한 적이 있어요. 하지만 아마 아닐 겁니다. 목을 베는 것 자체가 목적이었다면 미리 흉기를 준비하지 않았을까요? 그러나 범인은 저택에 있는 칼을 사용했어요. 그렇다면 왜 목을 벴을까요? 그건 주방의 모습을 떠올리면 알 수 있어요. 아가씨, 그렇지?"

아가씨는 자신에게 화제가 넘어오자 자신 없다는 듯 대답했다.

"클레버 나이프밖에 못 찾아서인가요?"

"정답. 클레버 나이프는 벽에 걸려 있어서 눈에 띌 수밖에 없었습니다. 그에 비해 다른 칼은 수납되어 있어서 찾기 힘들었죠. 그래서 범인은 클레버 나이프를 잡았어요. 그런데 하필이면 칼날이 직사각형 모양이라 찌를 수 없었죠. 결과적으로 칼로 내리치는 방식을 선택해야 했습니다."

이제 마무리만 남았다. 나는 양팔을 펼치고 타이르는 듯한 말투로 이야기를 정리했다.

"이러한 정보로 미루어 보아 범인은 충동적으로 끔찍한 짓을 저질렀다고 생각됩니다. 그런 범인이 시체 바꿔치기라는 귀찮은 일을 할 리가 없겠죠."

그러자 조폭이 경멸하는 듯한 얼굴을 했다.

"하지만 그건 단순한 인상이잖아? 신문을 믿는다면 시체 바꿔치기가 이뤄진 건 확실해. 그리고 바꿔치기가 가능한 인물은 정해져 있지. 참고로 범인은 수염이 난 남성이었다고 네 입으로 말했잖아. 아니면 뭐야. 또 잊으라고 할 거야?"

나는 조폭의 눈을 가만히 응시했다.

"아니요. 잊지 마세요. 범인은 수염이 난 남성입니다."

"그럼 유감스럽게도 네가 범인이네."

"아니요, 틀렸습니다."

"시체 바꿔치기를 할 수 있는 수염 난 남성은 달리 또 없잖아."

나는 조폭에게서 시선을 떼고 다른 사람들에게 호소하기로 했다.

"이야기를 정리하기 위해서 조폭 씨가 절 범인이라고 하는 근거를 다시 설명하겠습니다. 우리는 시체가 발견된 순서대로 천국에 왔습니다. 가장 먼저 입국한 사람은 메이드 씨이므로 처음에 발견된 시체는 여성일 겁니다. 그런데 구급대원이 응접실에서 본 시체는 남성이었어요. 그 모순을 해결하려면 시체를 바꿔치기할 수밖에 없어요. 그게 가능한 사람은 저와 파우치 씨뿐입니다. 또한 범인은 수염을 길렀어요. 그 조건을 충족하는 것은 저뿐이죠."

여기까지 하고는 잠시 말을 멈췄다. 그러고는 주의를 다시 환기하듯이 목소리를 낮춰서 계속 이야기를 이어 갔다.

"그런데 말입니다, 저는 이 두 근거를 단번에 부정할 수 있는 증거를 갖고 있습니다."

조폭이 미간을 찌푸렸다.

"증거라고?"

"네. 별로 보여 주고 싶지는 않지만…."

그렇게 말하면서도 나는 비디오카메라를 조작했다. 커다란 모니터에 눈을 감고 누운 내 모습이 정지 화면으로 비쳤다. 나는 한숨을 쉬며 괴로운 말투로 모두에게 말했다.

"자, 지금부터 다소간 충격적인 영상을 틀겠습니다. 이 영상을 보면 진상에 단번에 다가갈 수 있어요. 각오는 되셨습니까?"

모두의 얼굴을 둘러봤다. 다섯 명은 진지한 표정으로 고개를 끄덕였다.

나는 심호흡을 하고 재생 버튼을 눌렀다.

모니터 화면에 비친 내가 괴로워하기 시작했다. 온몸을 부들부들 떨고 목 부분에서 피를 철철 흘렸다. 곧 그 얼굴이 창백해지고 형태가 일그러지며 수염이 사라졌다.

파우치가 어리둥절해하며 말했다.

"이게 도대체 어떻게 된 일이야…."

나는 일시 정지 버튼을 눌렀다. 텔레비전 화면에 비친 것은 수염을 기른 꽃미남이 아니라 수염이 없고 더불어 생기도 없는 얼굴을 한 남성이었다.

나는 눈을 감고 고개를 숙였다.

"특수촬영 아니야?"

조폭이 중얼거렸다.

나는 눈을 뜨고 힘없는 목소리로 설명했다.

"특수촬영이 아닙니다. 그런 기술이나 기자재도 없다고요. 이게 생전의 제 모습입니다. 저는 꽃미남 같은 게 아니에요. 명색이 수염남인데 수염도 없죠."

스스로의 말에 실없이 웃음이 나왔다. 조소에 가까운 웃음이.

"…별로 놀라지 않는 분도 계시겠죠. 이미 이 현상을 눈치챘을 테니까요. 하지만 모르는 사람을 위해서 설명하겠습니다. 구니사와 아키오가 나타났을 때 그는 소년의 모습이었어요. 이 말인즉슨 생전과 천국에서의 모습이 반드시 일치하지는 않는다는 걸 의미해요. 하지만 죽을 때에는 죽음의 순간을 강하게 생각하기 때문인지 원래 모습으로 되돌아오고 맙니다."

적막이 주변을 에워쌌다.

나는 모니터 화면의 전원을 껐다.

"딱히 보여 주고 싶은 모습도 아니니 영상은 이만 끄겠습니다. 그럼 따져 봅시다. 조폭 씨와 파우치 씨는 죽었을 때도 모습이 달라지지 않았으니까 생전 모습 그대로라고 생각할 수 있겠죠. 다른 네 사람은? 사실은 모습이 달라요. 왜 생전과 다른 모습을 한 사람이 있을까요? 이 시점에서

맨 처음 설명한 소원 이야기로 되돌아가겠습니다. 네 사람, 그리고 구니사와 아키오는 겉모습을 바꾸는 것이 소원이었어요. 아가씨, 그렇지?"

아가씨를 곁눈으로 바라봤다.

"무슨 말을 하는 거죠? 난 몰라요."

"시치미를 떼도 소용없어. 넌 천국 저택의 가정부잖아? 저택에 관해서 잘 알고 있으니 그것 자체는 의심하지 않아. 하지만 신문 기사에 따르면 구니사와 아키오는 25년 전에 이혼한 이래로 아들과 가정부와 셋이서 쭉 살았어. 10대 여성이 가정부일 리가 없지. 게다가 아키오는 너한테 그 모습을 보는 게 오랜만이라고 했어. 처음에는 아가씨를 보는 게 오랜만인 줄 알았는데 아키오는 현세에서 우리가 살해당하는 모습을 봤어. 오랜만이라고 할 정도로 오랜만도 아니잖아? 그 말은 10대일 때의 모습을 보는 게 오랜만이라는 뜻이야. 아마쿠니 신문사를 설립한 게 1981년이고 거기에 아가씨가 참여했다고 하면, 그 무렵 아가씨는 10대 후반이었겠지? 그럼 실제 나이는 예순 전후, 또는 그 이상이지. 적어도 넌 연장자야."

그 얼굴을 가리키자 아가씨가 몹시 못마땅하다는 듯한 표정을 지었다.

"정말로 수염남 씨는 쓸데없는 말만 하네. 그래서 싫다니까."

조폭이 더듬거리며 말했다.

"아, 아가씨, 너, 저, 정말로 나보다 나이가 많아…?"

"네, 미안하게 됐네요. 구니사와 아키오와 동년배예요."

둘 사이에 무슨 일이 있었는지는 모르겠지만 조폭은 대단히 충격을 받은 듯했다.

조폭만큼은 아니라 해도, 다른 사람들 역시 동요했다. 그런 까닭으로 분위기를 환기시키기 위해 나는 손가락을 튕겼다. 처음부터 다시 시작해 보는 거다. 그 바람대로 다시 이쪽으로 시선이 쏠렸다.

"그럼 지금부터는 개인의 사생활을 폭로하겠습니다."

모두의 반응을 슬쩍 확인한 후 나는 재빨리 말을 이어 나갔다.

"그전에 저만 일방적으로 여러분을 추궁하는 건 공평하지 않으니, 제가 어젯밤 생각해 낸 저 자신의 과거에 관해 여러분에게 먼저 이야기하려고 합니다."

나는 호흡을 가다듬고 최대한 침착한 목소리로 말했다.

"저는 배우 나루세 히데아키의 곁에서 시중을 들던 사람이었습니다. 표면적으로는 매니저라는 신분이었지만 사적

인 일도 보살펴야 해서 시종이라는 표현이 딱 어울린다고
나 할까요? 어릴 때부터 그를 동경해서 20대 초반까지는
저도 배우를 지망했습니다. 그와 같은 사무소에 소속되기
도 했죠. 한때는 그 사람처럼 되고 싶었던 적도 있었습니
다. 그 무렵에는 정말 엄청나게 노력했어요. 레슨 같은 건
제가 가장 열심히 받았을 거예요. 그런데 행운이 전혀 찾
아오지 않았어요. 아까 영상을 봤죠? 얼굴도 못생긴 데다
딱히 재주도 없어서 아무도 좋게 평가해 주지 않았어요.
그래서 배우를 포기했습니다. 그 대신에 제 꿈을 나루세
히데아키에게 맡겼습니다. 그 사람을 더욱더 빛나게 하는
것이야말로 제가 살아가는 목적이 되었어요. 이 정도면 숭
배나 마찬가지입니다. 실은 아직까지도 다 포기하지 못한
것 같아요. 그렇기 때문에 이 세계에서 제가 그 사람의 모
습이 된 게 아닐까요?"

파우치가 안타까운 듯한 표정을 지었다.

"그런 거였구나."

"왠지 미안했어요. 화면발을 잘 받는 건 나루세의 얼굴
이지 제가 아니라는 생각에….'

"아냐. 수염남 씨는 명탐정 같은 모습이 멋있었던 거야."

"아아, 고마워요….'

268

온갖 감정이 뒤섞여서 말문이 막혔다. 일단 고개를 숙이고 크게 숨을 들이마셨다. 그런 뒤 다시 기합을 넣고 고개를 들어 다섯 명을 바라봤다.

"그런 제 인생은 나루세 히데아키에게 살해당해 끝장났습니다."

분위기가 술렁거렸다. 나는 검지를 지휘봉처럼 휘둘렀다.

"이 사건의 범인은 수염을 기른 꽃미남 배우 나루세 히데아키입니다. 모두의 앞에 있는 이 얼굴이 범인이에요. 저는 당연히 아니고요. 진짜 나루세 히데아키가 범인입니다."

그렇게 단언하자 조폭이 손가락질했다.

"이봐, 네가 거짓말을 하는 것 같진 않지만 역시 개인의 기억만을 근거로 해서 애꿎은 사람을 범인이라고 단정하는 건 횡포 아냐? 착각일 수도 있잖아."

"맞아요. 하지만 안심하세요. 기억만을 근거로 해서 범인을 찾을 생각은 없으니까요. 아까도 말했지만 이제부터 사생활을 폭로하겠습니다."

그렇게 말하고 나서 나는 또다시 천천히 걷기 시작했다. 다섯 명 모두 겁을 먹었는지 숨죽이며 다음 말을 기다렸다. 나는 담담한 태도로 이야기를 이어 갔다.

"짐작하셨을지도 모르겠는데 모습이 달라졌을 가능성이 있는 한 성별의 모순은 사라집니다. 지금까지 설명했듯이 십중팔구 시체 바꿔치기는 일어나지 않았어요. 결국은…."

발을 멈추고 모두의 얼굴을 응시했다.

"생전에 메이드 씨는 남성이었습니다."

모두의 시선이 메이드에게 쏠렸다. 그녀는 멍한 눈으로 온몸을 떨었다.

예상대로의 반응이었다. 나는 재빨리 설명을 이어 가려고 했다. 그런데 그보다 먼저 요리사가 끼어들었다.

"잠깐만요. 그렇게 일방적으로 단정하는 건 무리가 있습니다. 시체 바꿔치기 쪽이 아직 완벽하게 부정당하지 않았잖아요? 게다가 모습이 달라졌다고 해도 아가씨와 아키오 씨는 젊어졌을 뿐이고 수염남 씨도 얼굴 생김새가 달라졌을 뿐입니다. 성별까지는…."

요리사의 반발은 진행에 전혀 방해가 되지 않았다. 외려 다음 설명으로 순조롭게 나아갈 수 있는 발판을 마련해 준 셈이랄까. 나는 전보다 더 힘을 준 말투로 요리사에게 물었다.

"그럼 요리사 씨는 확증이 없는 한 이 주장을 받아들일 수 없다고 말하고 싶은 거죠?"

"네? 아, 그건….'

요리사는 쓸데없는 말을 했음을 깨달은 모양인지 뒤늦게 당황해했다.

나는 냉담한 표정을 지으며 어깨를 한 번 으쓱했다.

"메이드 씨가 남성이었는지 여성이었는지 그걸 확인할 방법은 간단해요. 우리 눈앞에서 죽으면 됩니다."

나는 빠른 걸음으로 메이드에게 다가가 이렇게 말했다.

"그럼 메이드 씨, 죽어 주세요. 죽는 방법은 알죠?"

그녀는 떨면서 고개를 가로저었다.

"메이드 씨, 죽는 순간을 강하게 떠올리기만 하면 돼요. 어서요."

"싫어요. 용서해 주세요….'

"간단한 일이잖아요. 기합을 넣으면 되살아날 수 있고."

"싫다고요. 원래대로 돌아가고 싶지 않아요….'

"진상을 규명하기 위해서입니다. 당신도 자기가 누군지 알고 싶어 했잖아요!"

"싫어요! 돌아가고 싶지 않아요! 돌아가고 싶지 않다고요!"

그녀가 비통하게 외쳐 댄 탓에 불안해하는 목소리가 여

기저기에서 들렸다.

"수염남, 너무 심한 거 아냐?"

"맞아. 그런 건 보고 싶지 않아."

"잠깐 쉴까요? 진정 좀 하고 다시 이야기해요."

사람들의 만류에도 아랑곳하지 않고 나는 메이드를 집요하게 추궁했다.

"조용히 하세요. 이제 곧 진상이 밝혀질 테니까. 이봐요, 메이드 씨. 죽어 주세요. 빨리 죽으라고요. 당신은 남자잖아요!"

메이드가 얼굴을 양손으로 감싸고 울기 시작했다. 그때,

"그만해!"

그야말로 청천벽력 같은 목소리가 울려 퍼졌다. 순간 정신이 아득해질 정도로 위압감을 주는 목소리.

나는 천천히 그 목소리의 주인공 쪽으로 돌아섰다.

"엄청난 박력이네요. 마치 명배우 같아요. 그렇죠? 요리사 씨."

요리사는 아까까지와는 달리 귀신 같은 얼굴을 하고 있었다.

"그만하라고. 더 이상 그녀를 추궁하지 마."

"아뇨, 그만두지 않을 겁니다."

"넌 이 세계에서도 그녀를 괴롭히는 거야?"

나는 조소하듯 그의 물음에 대답했다.

"무슨 말을 하는지 의미를 모르겠는데요?"

그는 더 이상 속일 마음이 전혀 없는지 노골적으로 원한에 찬 말을 했다.

"진짜 악질이구나. 천국에 데려와도 잘못을 전혀 뉘우치려 하질 않네."

나는 고개를 숙였다. 그리고 조용히 말했다.

"여러분, 들으셨죠? 우리를 죽인 범인은 나루세 히데아키, 바로 요리사 씨입니다."

극장은 얼어붙었다. 옷 스치는 소리마저 사라지고 완전한 무음 상태가 되었다.

그런 와중에 메이드가 무너지듯이 바닥에 주저앉았다.

나는 즉시 아가씨에게 메이드를 부탁했다.

"아가씨, 미안한데 메이드 씨를 부축해 줘."

아가씨는 메이드에게 달려가 꼭 달라붙듯이 옆에 앉았다.

나는 요리사에게 시선을 보내며 한층 누그러진 어조로 이야기했다.

"안심하세요. 메이드 씨한테 진짜 죽으라고 할 생각은

없어요. 연기입니다. 살인범을 찾기 위해 살인을 한다면, 그거야말로 본말이 전도되는 거 아니겠어요?"

요리사는 조금 안정을 되찾은 듯했지만 여전히 그 눈속에서는 분노가 이글이글 타오르고 있었다.

"글쎄, 모르지. 네가 생전에 한 짓을 생각하면 못 할 것도 없을 듯한데?"

"그 부분은 죄송합니다. 생전에 제가 무슨 짓을 하고 다녔는지 기억나지 않아요."

"자기가 누군지는 생각났으면서 말이지? 어지간히 편리한 기억상실이네."

"정말 그런 것 같아요. 소원을 들어주는 세계라 자신에게 유리하게 돌아가는 면이 있죠."

나는 그렇게 말한 후 다른 사람들에게로 시선을 돌렸다.

"이미 메이드 씨에게 이야기한 내용이지만, 우리는 떠올리고 싶지 않은 과거를 소원을 빌어 직접 기억에서 지워 버린 것 같습니다. 후회나 고통, 그리고 과실 같은 기억들을 말이죠…."

나는 요리사의 얼굴을 흘끗 보고는 다시 말을 이어 나갔다.

"우리는 아마 히데아키 씨, 아, 요리사 씨가 낫겠군요.

요리사 씨한테 원한 살 행동을 했어요. 그런 것도 밝혀내야 진상을 해명했다고 할 수 있겠죠? 실제로 저는 진작에 범인을 알았는데 보시다시피 성불하지 못했습니다."

나는 온몸을 드러내 보이듯이 두 팔을 펼쳤다. 그러자 요리사가 입을 열었다.

"진작에? 허세 부리는 것도 작작 좀 하지 그래?"

"허세가 아닙니다. 이틀 전, 구니사와 아키오의 모습을 봤을 때 알아차렸어요. 진상은 단순합니다. 사건 당일 오전 11시, 구급대가 집 안으로 들어왔을 때 응접실에는 시체 두 구가 있었어요. 하나는 소파 위에, 또 하나는 바닥 위에요. 바닥 쪽에 쓰러져 있던 시체는 말할 것도 없이 범인의 시체고요. 소파의 시체가 천국 1일 차, 즉 오전 9시에 발견된 시체라는 단순하고 명료한 명제로 돌아간다면, 그리하여 그 시간에 발견된 시신의 정체를 메이드 씨로 확정한다면 필연적으로 바닥 위에 쓰러진 시체의 정체도 알 수밖에 없어요. 천국 3일 차, 즉 오전 11시. 그 시간에 발견된 건 요리사 씨죠."

"다 알면서 아까 그 엉뚱한 수작을 부린 거야? 성격 한번 지독하네."

"어쩔 수 없었어요. 사실 시체를 바꿔치기할 가능성을

완전히 부정할 수는 없었으니까요. 메이드 씨의 성별과 상관없이 바꿔치기 트릭은 실행할 수 있잖아요? 그래서 그랬습니다. 그 부분은 저도 다시 한번 사과드려요. 당신이 소파에서 죽은 것처럼 거짓으로 증언했기 때문에 기억을 되찾았다는 걸 알아챘고, 나루세 히데아키라면 메이드 씨를 도와줄 거라고 믿었으니까요."

요리사는 분한 듯한 얼굴로 못마땅해하며 입을 다물었다. 내리 한숨만 쉬는 걸로 보아 자기 입으로 진상을 이야기할 것 같지는 않았다.

"자자, 그럼 좀 더 진상 규명극을 즐겨 주세요."

나는 과장된 몸짓으로 스스로 기합을 넣으며 다시 모두에게 설명했다.

"요리사 씨가 메이드 씨를 도와줄 거라고 생각한 이유는 두 사람이 서로 사랑했을 가능성이 높기 때문입니다. 참고로 메이드 씨의 생전 이름은 구니사와 하루토. 아시다시피 구니사와 아키오의 아들입니다. '진짜' 천국 저택의 가정부 외에 저택을 잘 아는 인물은 구니사와 하루토밖에 없어요."

메이드를 봤다. 그녀는 아직도 기억이 돌아오지 않았는지 멍하니 있었다.

"두 사람은 한때 사귀던 사이였어요. 그렇게 생각한 건 요리사 씨가 메이드 씨한테 마음이 있어 보여서이기도 했지만, 그보다도 어떤 사건이 계기였습니다. 실은 메이드 씨가 저를 껴안은 적이 있어요. 물론 곧바로 뭔가 잘못됐다는 듯이 저를 뿌리쳤지만요. 그때는 그게 무슨 의미인지 전혀 몰랐습니다. 하지만 제 얼굴이 진짜 제 얼굴이 아닌, 누군가 다른 사람의 얼굴인 것을 깨달았을 때 이해했어요. 가정부 씨는 저를 나루세 히데아키와 착각한 겁니다. 물론 이 정도의 근거로는 또 억측이라는 소리나 듣겠죠. 요리사 씨가 자기 득실은 따지지 않고 그녀를 도울 정도로 애정이 있을 거라 예상한 이유는 따로 있어요. 애초에 이 살인 사건 자체가 메이드 씨를 위해서 일으킨 부분이 있기 때문입니다."

거기까지 말했을 때 파우치가 이상하다는 듯한 표정을 지으며 손을 들었다.

"저기 수염남 씨, 잠깐만. 사귀다니 둘 다 남성이잖아?"

"네. 맞아요."

"두 사람이 게이라는 소리야?"

그 질문에 대답하려는데 요리사가 날이 선 말투로 도중에 끼어들었다.

"스구루 씨, 당신은 생전에도 우리한테 같은 질문을 여러 번 했죠. 그때마다 난 설명했고요. 또 반복할 겁니까?"

"스, 스구루? 스구루가 내 이름이었어? 미안. 기억이 안 나서…."

요리사의 기습과도 같은 대답에 파우치가 당황했다. 나는 그를 도와주기로 했다.

"파우치 씨, 메이드 씨가 이 천국에서 여성의 모습이 된 이유는 그게 소원이었기 때문이에요. 결국 그녀는 트랜스젠더죠."

"아하, 여성의 모습을 했구나?"

"그것도 틀렸어요. 시체를 발견했을 때를 생각해 봐요…."

파우치는 입술을 삐죽 내밀었다. 이해하지 못한 모양이었다.

"소용없어."

그렇게 말한 사람은 요리사였다.

"스구루 씨는 겉모습으로만 이해한다고. 아무리 설명해도 죽을 때까지 알아주지 않았어. 참고로 오해할까 봐 말하겠는데, 난 게이가 아니야. 연애 대상은 줄곧 여성이었어. 하지만 어느새부턴가 생물학적인 성별이나 외모 따위는 아무래도 상관없었어. 난 그녀의 내면에 마음이 끌렸던 거야."

요리사는 고심하는 듯한 얼굴로 메이드를 가만히 바라봤다. 그리고 이쪽으로 천천히 몸을 돌렸다.

"옛날의 내 모습을 한 사사키, 아니 수염남 씨. 네가 추리한 대로야. 나와 하루는 서로 사랑했어. 촬영 현장에서 우연히 만난 후 지금까지 쭉. 하루는 그때 스폰서인 아마쿠니 신문사에서 영업을 맡아 견학하러 왔었지. 운명적인 만남이었어. 우린 곧바로 사귀기 시작했지. 세상에 공개하지는 못 했지만."

요리사의 말투는 모두에게 설명한다기보다 메이드에게 말을 거는 듯했다. 그런데도 사람을 매료시켰다. 모두 입을 다물고 그의 말을 귀담아들었다.

"하루는 여성이야. 적어도 나한테는 어떤 모습을 하든 분명히 여성이었어. 하지만 하루 본인은 물리적으로도, 그러니까 외모도 여성이 되고 싶어 했다. 그런데 자라 온 환경 탓인지 그녀는 사람들이 기이하게 보는 걸 매우 두려워하고 싫어해서 한 번도 여장을 한다거나 하는 일은 없었어. 더군다나 배우와 사귀면 그 소원을 이루기 더욱 어려워질 것 같아서 난 은퇴를 결심했지. 어디 먼 곳에서 단둘이 레스토랑을 열자고 약속했어. 특수한 환경에서 자란 우리에게 음식을 제공하는 행위는 삶의 상징이었거든. 내가 요리사고 하루가 웨이트리스. 그녀의 지금 복장은 메이드 옷이 아니라 나중에 입을 예정이었던 레스토랑의 유니폼이야."

그때 요리사가 한 손을 조금 들어 올렸다. 그는 지금, 평범한 차림을 한 남성이었다. 그러나 그의 행동에서 눈을 뗄 수 없었다. 요리사가 한 손으로 파우치를 가리켰다.

"은퇴할 때 업계에서 가장 친하게 지낸 스구루 씨에게만은 모든 사정을 알렸어. 하지만 스구루 씨는 통 이해하지 못했지. 우리 둘의 교제를 반대하지 않았고 힘이 되어주겠다고도 했어. 그래도 근본적인 부분을 이해하지 못해서 커밍아웃을 권유하거나 성소수자 해방운동을 제안했고 결국에는 우리를 기록한 영화를 찍고 싶다는 말까지 했어."

요리사는 파우치를 노려봤다.

"스구루 씨, 우리는 조용히 살고 싶었어요. 내버려 두길 바랐다고요."

"미, 미안. 나쁜 뜻은 없었어…."

그 대답으로 짐작건대 파우치는 대부분의 기억을 되찾은 듯했다. 그의 얼굴이 창백해졌다. 더는 답답해 견딜 수 없었다. 나는 요리사에게 이렇게 물었다.

"파우치 씨에게만 사정을 설명했다니, 저한테는요?"

"수염남, 넌 늘 나와 함께 있었기 때문에 사정을 설명할 것도 없이 처음부터 다 알고 있었어. 난 너를 믿었다고. 하루와의 관계를 인정해 준 줄 알았지. 그런데…."

머릿속이 찌릿찌릿 아파 왔다.

"넌 나 몰래 위자료를 들고 하루를 찾아갔어."

선명한 과거 영상이 머릿속에서 되살아났다.

"아닙니다. 아니, 틀린 말은 아니지만 전 그저 당신이 배우를 은퇴하길 바라지 않았을 뿐이에요. 당신은 무대 위에서 가장 빛나는 사람이니까요."

"그런 건 쓸데없는 참견이야."

"쓸데없는 참견이라니… 당신의 재능은 세상 물정 모르는 꿈같은 이야기의 희생양이 되어도 좋은 게 아니라고요. 제가 갖고 싶었던 것을 당신은 이미 다 가졌어요. 게다가 생각해 보세요. 당신은 혼자서 전철을 탄 적도 없어요. 돈도 직접 내 본 적이 거의 없고요. 요리라니 당치도 않잖아요. 그야 당연히 반대하죠."

"하지만 난 할 수 있었잖아. 요리사가 되었잖아?"

아무 말도 할 수 없었다. 확실히 요리사는 운이 따랐다고는 해도 고작 며칠 만에 요리 실력이 월등히 좋아졌다. 그는 생전에 어떤 역할도 연기할 수 있는 배우였다. 요리에 관한 지식이 없었을 뿐이지 원래 재주가 좋은 사람일 것이다.

요리사는 입을 다문 내 모습을 확인하더니 이번에는 아가씨를 봤다.

"교제에 반대한 사람은 또 있었어. 가정부인 아가씨, 당신도 마찬가지였죠."

아가씨는 어깨를 들썩이며 급격히 얼굴이 굳어 갔다.

요리사는 그런 그녀를 가만히 바라봤다.

"하루한테는 어머니가 없었어. 게다가 아버지는 그 사람이지. 그런 집안에서 믿을 수 있는 사람이라곤 당신뿐이었습니다. 그래서 하루는 나와의 관계를 당신한테 상담했어요. 그런데 반대했죠? 외출까지 제한하려고 했잖아요."

"미, 미안해요. 난 하루가 행복해지길 바랐어요. 결혼도 출산도 안 한 나한테 하루는 친아들 같은 존재였다고요. 언젠가는 사랑스러운 신부를 맞아서 평범한 가정을 꾸렸으면 했어요. 하루를 위해서 그런 거예요."

"하루는 당신을 만족시키기 위한 도구가 아닙니다. 당신은 하루를 자신의 소유물로 삼으려고 했을 뿐이에요."

"그렇지 않… 아니, 맞아요. 난 이 세계에서도 메이드 씨를 내 것인 양 취급하려고 했어요. 그걸 깨닫고 반성했어요…."

아가씨가 고개를 깊이 숙였다. 그러자 조폭이 힘차게 손을 들었다.

"요리사 씨, 미안했어. 다른 사람들의 이야기를 듣는 동안 생각났어. 난 당신들의 관계를 캐고 다녔어. 특종을 찍겠다는 공명심에 사로잡혀서 악착같이 쫓아다녔지. 조용히 살고 싶다는 바람을 방해해서 미안해."

머리를 깊이 숙이는 조폭에게 요리사는 냉담한 시선을 보냈다.

"조폭 씨, 당신은 자신이 진짜로 잘못한 게 뭔지 모르는군요."

"뭐? 무슨 뜻이야?"

요리사가 메이드를 잠깐 쳐다본 후 이어서 말하기 시작했다.

"저와 하루의 관계는 세상에는 비밀로 하고 있었고, 그 중에서도 특히 절대로 들켜선 안 되는 상대가 있었죠. 하루의 아버지, 구니사와 아키오 말이에요. 그 사람은 보수적인 사고방식을 가진 사람이라서 우리 관계를 반대할 게

불 보듯 뻔했다고요. 게다가 성격이 지독해서 목적을 위해서라면 수단과 방법을 가리지 않는 사람이었죠. 그래서 도망칠 계획이 구체적으로 잡힐 때까지 그에게 들키지 않으려고 세심하게 주의했어요. 그런데 하필이면 웬 저널리스트가 찾아와 그에게 취재 신청을 한 겁니다. 그것도 우리 사이에 관해서 말이죠."

"아, 아니, 확실히 난 구니사와 아키오를 취재했어. 하지만 둘 사이를 진즉에 알고 있는 줄 알았고 실제로 그 수염 노인네는 이미 다 알고 있었는걸?"

"그럴 리 없습니다. 그 사람은 분명히 조폭 씨를 만나기 전까지 나와 하루의 관계를 몰랐어요. 아마 당신의 말에 동의하며 아는 척하고 정보를 빼냈을 겁니다. 조폭 씨는 취재한 게 아니라 취재당한 거라고요."

조폭은 눈을 크게 뜨고 입을 막으며 헛구역질을 하기 시작했다.

잠시 침묵이 감돌았다. 모두 생전의 기억을 머릿속에 되새기는 것이겠지.

그 적막을 깬 사람은 파우치였다. 그는 고개를 갸웃하며 요리사에게 물었다.

"히데아키 씨, 알려 줘. 이런 게 우리를 죽인 이유야? 메이드 씨와의 교제를 방해해서 복수를 위해 우리 모두를 죽인 거야?"

요리사가 고개를 느릿하게 가로저었다.

"아닙니다. 복수 때문에 당신들을 죽인 게 아니에요. 무엇보다 당신들한테 무슨 짓을 당하든 저와 하루의 관계가 흔들릴 일은 없었으니까요."

"그럼 왜?"

요리사는 입을 열려다가 곧바로 고개를 숙이고 입을 다물었다.

내가 그의 뒤를 이어 설명을 시작했다.

"제가 설명해도 될까요? 아키오 씨가 관련된 게 맞죠?"

요리사는 여전히 입을 다문 채였다. 일단 내 쪽에서 대변해도 문제는 없어 보였다.

나는 조심스럽게 두 팔을 펼치며 설명했다.

"어제 말이죠, 기묘한 것을 찾았습니다. 정원 화단에 커다란 구멍이 뚫려 있더라고요. 누가 팠다기보다 무너져 내린 듯한 구멍이었습니다. 사흘 전에 조폭 씨와 아가씨와 함께 그 장소를 봤을 때는 그런 구멍이 없었어요. 갑자기 왜 구멍이 생겼을까요? 그 원인은 구니사와 아키오의 부패한 시체 때문이에요. 맞아요. 우리가 소환한 아키오 씨입니다. 창고의 출현 현상에는 어떤 법칙이 있어요. 부지 내에 있는 물건은 현재 장소에서 창고로 이동만 한다는 점이죠. 결국 아키오 씨는 정원에 묻혀 있었습니다. 다시 생각해 보면 그 소환 의식이 성공한 건 제가 지시를 잘 내려서인 것도 아니고 모두의 상상력이 기가 막힐 정도로 좋아서인 것도 아니었어요. 처음부터 아키오의 상태를 안 사람이 있었다고 생각하는 게 타당합니다. 그럼 그 사실을 알고 있던 사람은 누구일까요?"

모두의 반응을 확인한 후 나는 조용히 말을 이어 나갔다.

"적어도 메이드 씨는 알았어요. 아니, 정확하게는 기억하지 못하니까 잠재의식이 발현된 것이라 하는 게 낫겠네요. 정원에 시체를 묻다니 저택에 사는 사람이 아니면 할 수 없는 일입니다. 그렇게 되면 용의자 후보에는 메이드 씨와 아가씨가 오르게 되죠. 그런데 일부러 그런 건지 어쩐 건지는 모르겠지만, 범인은 시판하는 장미 모종을 시신을 한번 파낸 장소에 다시 심었어요. 하지만 천국 저택에서는 평소 시판하는 모종을 심지 않는다고 합니다. 그러니 생전에 정원에 관해 잘 아는 아가씨가 그런 일을 했다고 생각하기는 어렵죠. 그렇다면 메이드 씨가 아키오 씨를 묻었을 가능성이 높아요."

그 말을 마쳤을 때 요리사가 입을 열었다.

"아니야. 아키오 씨의 시체를 묻은 사람은 나야."

"아아, 그 노선으로 갈 겁니까? 그럼 구니사와 아키오를 죽인 사람도 본인이라고 할 겁니까? 아키오 씨는 분명히 머리를 얻어맞고 죽었는데요."

그렇게 묻자 요리사는 또다시 입을 닫았다.

그때 가냘픈 목소리가 들렸다.

"제가 구니사와 아키오를 죽였습니다."

메이드가 드디어 입을 열었다. 그녀는 아직 바닥에 주저앉은 상태였지만 더 이상 떨지 않았다. 기억이 돌아온 게 확실했다.

"역시 메이드 씨가 죽였군요. 내가 예상한 대로였어요."

메이드는 시선을 떨구고 더듬더듬 말했다.

"아버지는 저와 히데아키 씨의 관계를 알고 역시나 반대했습니다. 넌 남자라며 무섭도록 고함쳤어요. 전 어떻게든 설득하려고 했죠. 하지만 아버지는 귀담아들으려고 하지 않았어요. 그 사람은 우리 둘을 보고 반드시 헤어지게 하겠다고 선언했습니다. 자신의 권위를 이용하면 충분히 가능했겠죠. 그냥 하는 소리가 아니었어요. 게다가 히데아키 씨와의 사랑을 거짓이라고 단정하고 함부로 매

도했습니다…."

메이드가 고개를 들어 정면을 바라봤다. 눈가엔 눈물 자국이 난 채였다.

"정신을 차려 보니 아버지는 죽어 있었습니다. 말다툼 끝에 제가 꽃병으로 쳐 죽인 것 같았어요."

메이드는 그렇게 말하고는 얼굴을 가리듯이 바닥을 내려다봤다.

무거운 분위기가 홀 안을 가득 메웠다.

이것으로 사건의 전모는 거의 밝혀졌을 것이다. 나는 모두의 얼굴을 바라봤다.

"아까 저는 이 사건이 메이드 씨를 위해 벌어진 부분이 있다고 말씀드렸습니다. 이제 아시겠죠? 우리는 구니사와 아키오의 살해를 계기로 해서 살해당했습니다."

나는 눈을 가늘게 뜨고 말을 이어 나갔다.

"지금부터의 내용은 제 추측입니다. 여기까진 아직 기억이 돌아오지 않은 것 같거든요. 파우치 씨, 아가씨, 조폭 씨, 저 수염남까지 네 사람은 어떤 일을 계기로 메이드 씨가 구니사와 아키오를 죽였다는 사실을 알아챘어요. 그리고 그걸 증거로 그녀를 비난하거나 협박하는 등 아무튼 괴롭혔어요. 그 결과 요리사 씨의 원한을 사서 살해당했습니다. 그 후 메이드 씨와 요리사 씨 역시 죄의식에 동반 자살을 계획한 느낌이네요… 다른 의견이 있습니까?"

내 물음에 요리사가 갑자기 소리 내어 웃기 시작했다.

"아니야. 전혀 아니라고. 그 추리는 완전히 빗나갔어."

요리사는 한바탕 웃더니 매우 지친 표정으로 고개를 여러 번 가로저었다.

"당신들은 아키오 씨가 죽은 걸 몰랐어. 당연히 그 일로 하루를 비난할 수 있을 리도 없지. 나와 하루는 말이야, 당신들을 원망하지는 않았다고. 애초에 하루는 연쇄살인 자체를 몰라. 가장 먼저 죽었으니까…."

요리사가 똑바로 일어나 마치 신의 사자가 되기라도 한 것처럼 엄숙한 분위기를 풍기며 말했다.

"나와 하루는 구니사와 아키오의 시체를 묻은 후에 둘이 함께 죽자고 결심했어. 아키오 씨가 여행을 떠났다는 거짓말로 주위 사람들을 속이기는 했지만 들키는 건 시간 문제였지. 그래서 죽기로 한 거야. 하지만 하루가 죽기 전에 이루고 싶은 소원이 있다고 했어. 하루는 축복을 원한다고 했어. 어릴 때부터 성 정체성을 숨겨 온 터라 죽을 때만큼은 다른 사람들에게 인정받기를 바랐거든. 그래서 조촐한 축하 파티를 열기로 했지. 손님은 이미 우리의 관계를 아는 사람들로만 초대했어. 다소 옥신각신하긴 했지만 당신들은 흔쾌히 참석해 줬어."

어렴풋이 박수 소리가 생각났다.

"파티가 끝났을 때는 이미 비가 억수로 내리기 시작한 터라 당신들은 돌아갈 수 없었지. 그래서 저택에 머무르게 되었고. 그래도 나와 하루는 본래의 계획대로 죽기로 했어. 둘이 응접실에서 수면제를 한가득 먹었어."

나는 그의 말에 동정하듯이 중얼거렸다.

"수면제를 치사량까지 먹는 건 거의 불가능해요."

요리사가 자조하듯이 대답했다.

"그런 것 같더라고. 죽지 못했어. 난 한밤중에 눈을 떴지. 가슴이 조금 쓰린 정도였고 멀쩡하게 움직일 수도 있었어. 그런데 하루는 소파 위에 잠든 채로 괴로워 보였어. 게다가 울고 있었고. 당장이라도 편하게 해 줘야겠다고 생각해 서둘러서 도구를 찾으러 나갔어. 가장 먼저 창고에 갔지만 눈에 띄는 게 없더라고. 그 대신에 다른 방에 들어갈 수 있는 열쇠를 구했지. 그다음으로 간 곳이 주방이었고, 그곳에서 클레버 나이프를 찾았어. 난 그 칼을 손에 들고 응접실로 다시 달려갔어. 그렇게 해서…."

요리사가 모두의 얼굴을 순서대로 바라봤다. 나루세 히

데아키가 칼을 내리치는 모습이 머릿속에 떠올랐다. 물론 그 순간을 실제로는 목격하지 않았다. 그런데도 그 영상은 머릿속에 선명하게 펼쳐졌다. 나는 겁이 난 나머지 요리사를 제대로 마주 보지도 못 했다.

"하루의 시체 앞에서 나는 울었어. 행복하게 해 주지 못한 한심한 나 자신을 원망했지. 하루를 위해서 할 수 있는 일이 없었을까 자문도 했어. 자문을 반복하다가 어떤 생각에 도달했지. 하루는 축복받기를 바랐잖아. 그렇다면 죽은 후에도 손님이 있어야 할 것 같았어. 그래서…."

숨을 짧게 들이마시는 소리가 들렸다.

"당신들을 우리에게 축복을 내려 주는 천사로 만들었어."

순간 멍해졌다. 그 뜻을 이해할 수 없었으니까. 그만큼 예상하지도 못 한 동기였다.

모두 어이가 없어서 할 말을 잃은 듯했다.

그런 가운데 나는 어떻게든 쉰 목소리를 최대한 쥐어짜냈다.

"우리는 희생양이었습니까…?"

그러나 요리사의 대답은 단호했다.

"아니. 손님이야."

"똑같아요. 당신이 준비한 축복 의식의 희생양이 된 거잖아요?"

"달리 선택의 여지가 없었어…."

"아니, 죽이지 않는다는 선택도 있었잖아요?"

"없었다고! 그런 건 어디에도 없었어!"

요리사가 울 것 같은 얼굴을 했다. 그는 거칠게 숨을 몰아쉬면서도 말을 이어 나갔다.

"하루는 나와 사귀는 바람에 괴롭힘만 당했어. 난 하루에게 아무것도 해 줄 수 없었다고. 그래서 죽기 전에 뭔가 해 주고 싶었어. 뭐든지 좋으니까 하루를 위해서 뭔가 해 보고 싶었다고."

유치한 변명이었다. 그러나 뭐라 반박할 말이 떠오르지 않았다. 아니, 반박할 수 있을 리 없다. 나도 내 소원을 위해서 메이드를 괴롭혔으니까. 게다가 그 어리석은 짓 때문에 직접적인 원인은 아니었다고 해도 요리사를 몰아붙이고 말았다.

나는 눈을 감고 심호흡을 한 후 모두에게 말했다.

"자, 이걸로 진상 규명극의 막을 내리겠습니다."

성불까지 얼마나 유예가 있는지 모르겠지만 그때까지 평온하게 지내야지.

그렇게 생각했을 때 다시 요리사가 입을 열었다.

"아니, 아직이야. 아직 끝나지 않았어. 당신들은 사명을 다하지 않았잖아?"

"네? 무슨 뜻이죠?"

요리사는 차분한 발걸음으로 메이드에게 다가갔다.

"소원을 이루면 천국에서 벗어날 수 있어. 하지만 나는 처음부터 사건의 진상을 알았는데 아직도 성불하지 못했잖아. 아직은 미련을 없앨 정도로 소원이 이뤄지지 않았다고 봐야겠지."

"아, 요리사가 되는 것만 소원인 게 아닌…?"

요리사는 내 질문에 대답 대신 미소를 지었다. 그런 다음 메이드에게 손을 뻗었다.

"자 하루, 이리 와."

메이드는 그의 손을 잡고 일어섰다. 속삭이는 목소리가 들렸다.

"히데아키 씨, 미안해요. 이렇게나 가까이에 있었는데 몰랐어요."

"괜찮아. 언젠가는 마음과 마음으로 서로 끌렸을 거야. 이제 내 마음이 보이지?"

요리사가 이쪽으로 돌아섰다. 그러고는 우리를 향해 소리쳤다.

"자, 천사들. 손뼉 칠 시간이야! 우리에게 축복을 내려 줘."

그러더니 목소리를 낮추고 나를 향해 이렇게 말했다.

"내가 가장 바라는 건 부부가 되는 거야."

이상한 예감이 들어서 나는 곧장 달려들 태세를 취했다. 그러나 그보다 더 빨리 요리사와 메이드가 서로 껴안았다. 그 순간 두 사람의 목 부분이 깊숙이 갈라지며 고개가 뒤로 넘어갔다.

드러난 상처 부위에서 피가 왈칵 쏟아졌다. 그 피는 샤워기의 물방울처럼 공중으로 흩날렸고 천창으로 들어온 빛을 받으며 반짝반짝 빛났다.

네 사람의 눈앞에서 서로 껴안은 두 사람이 무너지듯이 쓰러졌다. 마지막으로 적포도주색의 카펫 위에는 흰색의 커플 턱시도를 입은 두 남성의 시체만 남았다.

아가씨가 그 시체에 다가갔고 울면서 시체 앞에서 두 팔을 펼쳤다.

"보지 말아요. 메이드 씨는 이 모습을 보여 주고 싶지 않을 테니까."

조폭이 식당에서 식탁보를 가져와 시체 위에 덮었다.

파우치가 멀찍이 떨어져 그 모습을 보며 혼잣말했다.

"왜 좀 더 사이좋게 지내려고 하지 않았을까? 우린 이미

한 번 다 죽은 사람들인데…."

　모두 요리사와 메이드가 이제 두 번 다시 깨어나지 않을 것임을 직감했다.

　나는 입을 굳게 다물고 바닥 위에 쓰러진 남녀를 보며 오랫동안 말없이 고개 숙여 그들에게 작별을 고했다.

끝나는 바다로

요리사와 메이드의 시신은 2층의 큰 거실로 옮겨졌다. 요리사가 사용하던 방으로. 아마 그 방은 생전에 구니사와 하루토가 사용한 객실일 것이다. 그 방 침대 위에 서로 껴안은 두 사람을 눕혔다.

그 후 천국 저택엔 두 사람의 방에는 들어가지 않는다는 규칙이 만들어졌다.

그리고 6일 후.

"이거 말이야, 파우치 씨의 움직임이 쓸데없이 빠르지?"

"아니, 모두가 너무 느린 거야."

296

네 사람은 점심을 먹으며 비치 발리볼 영상을 봤다.

"자, 실컷 먹어. 소년들."

아가씨가 큰 접시를 추가로 식탁에 올려놓고 자리에 앉았다.

조폭이 말했다.

"역시 이제 참치는 질렸어."

"아직도 많이 남았어요. 그리고 조폭 씨의 맥주도 있답니다."

이미 다들 서로의 성격과 특성을 알고 있다. 당연히 본명도 마찬가지. 그러나 딱히 정한 것은 아니지만 우리는 여전히 서로를 별명으로 부른다.

식당 안의 분위기는 진상이 해명되기 이전과 같다.

나는 요리를 입에 가득 물고 생각했다.

"역시 식재료를 다 먹을 때까지 성불할 수 없다는 가설은 무리 아닐까요?"

그렇게 말하자 조폭이 미간을 찌푸렸다.

"네가 말했잖아!"

"하지만 너무 힘들어요. 소원을 들어주기는커녕 이건 고행이잖아요."

"그럼 그건가? 파우치 씨가 영화를 완성하는 게 조건

이라든가."

"나한테는 더 이상 미련이 없어. 만족한다고 몇 번이나 말했잖아."

이제 곧 일주일이 지나려고 하는데 도무지 천국에서 벗어날 것 같은 기미가 보이지 않았다.

다양한 가설에 대해 의견을 나눴다.

그러자 마지막으로 조폭이 말했다.

"의외로 성불하지 못할지도 몰라. 이래저래 즐기고 있으니까."

무심코 이해했다.

그때 아가씨가 묘한 표정을 하고는 이렇게 말했다.

"성불할 거예요, 반드시. 얼마 안 남았어요."

조폭이 그 말을 물고 늘어졌다.

"무슨 근거로 그런 말을 하는데? 아가씨는 즐기지 않는다 그거야?"

"즐기고 있어요. 근거는…."

아가씨는 조금 머뭇거리더니 이내 대담하게 이어서 말했다.

"모두에게 이야기한 적은 없지만, 전 메이드 씨와 요리사 씨에게 날마다 꽃을 바치러 갔어요. 사실 이미 두 사람의 시체는 사라졌죠. 메이드 씨는 진상을 규명한 다음 날 아침에, 요리사 씨는 그 이틀 후에 각각 사라졌어요."

"설마 계속 죽는 게 성불하는 조건은 아니겠지?"

그 말을 듣고 내가 급히 끼어들었다.

"조폭 씨, 그게 아니에요. 천국에 온 순서예요."

"뭐? 왜 그런 법칙인데?"

아가씨가 조용히 말했다.

"우리가 바랐기 때문이 아닐까요? 사라질 때까지의 카운트가 필요했어요. 그리고 이제 예감이 들어요. 이건 하늘의 계시라고요. 난 반드시 사라질 거예요."

조폭이 팔짱을 끼고 생각에 잠겼다. 날짜를 세는 모양이었다.

"아가씨, 네가 사라지는 게 내일 아침 아닐까…?"

"맞아요."

"왜 좀 더 빨리 알려 주지 않은 거야!"

"아무 말도 하지 않고 사라질 생각이었어요. 앞으로 사라질 거라고 얘기하면 분명히 나는 이것저것 알려 주고 싶어질 거라고요. 내 추한 부분도."

"이제 와서 뭘 숨기는 거야?"

아가씨는 각오한 듯이 깊이 숨을 들이마셨다.

"난 가정부라기보다 구니사와 아키오의 첩이었어요. 젊을 때 구니사와를 만나서 처음에는 서로 좋아했죠. 언젠가는 결혼해서 행복해질 줄 알았어요. 하지만… 조폭 씨의 동경심을 모독하는 것 같아서 미안하지만 구니사와는 기자 능력만으로 출세한 게 아니에요. 그런 나에게 아들 같은 하루토는 보물이었어요. 그래서 내가 한때 마음속에 그렸던 일반적인 가정이라는 꿈을 그 아이에게 강요하고 말았죠. 난 추한 여자예요…."

아가씨의 이야기를 다 듣자 조폭이 부드러운 표정을 지으며 그녀를 달랬다.

"아니야, 그렇지 않아. 자기 잘못을 인정하고 자신을 죽인 사람에게 꽃을 바치다니 그건 그렇게 쉽게 할 수 있는 일이 아니라고. 아가씨는 좋은 여자야."

"조폭 씨는 좋은 남자네요."

그때 내가 제안했다.

"그럼 건배할까요?"

아가씨가 이상하다는 듯이 고개를 갸웃했다.

"왜요?"

"아가씨의 소원은 좋은 남자를 만나는 거였잖아? 소원이 이루어졌는걸."

파우치가 손뼉을 크게 쳤다.

"자, 그렇다면 당장 건배해야지. 건배!"

잔과 잔이 부딪치며 축복의 소리가 울렸다.

잔 안쪽에 생긴 맥주 거품이 떠오르다 사라졌다.

다음 날 예고대로 아가씨는 사라졌다. 조폭이 혼자서 배웅했다.

아가씨의 모습은 침대에서 빛이 되어 사라졌다고 한다.

"있지, 조폭 씨는 왜 침대에서 배웅했어?"

"파우치 씨, 그런 건 안 좋아요…."

"응? 무슨 말이야?"

"눈치 없는 질문은 하지 말라는 거죠."

파우치와 둘이서 그런 대화를 나누고 있자, 조폭이 미소 지었다.

"맞아. 촌스럽게 캐묻지 않는 게 좋아. 그걸 생전에 알았어야 했는데… 결국 내가 잘못했지. 내가 수염 기른 노인네한테 정보를 흘렸기 때문에 그런 사건이 일어나고 말았어. 다 내 탓이야."

나는 어이가 없다는 듯이 한숨을 쉬었다.

"조폭 씨, 그런 말은 그만하자고 했잖아요. 다들 많든 적든 책임이 있었어요."

조폭이 고개를 살짝 끄덕였다.

"…미안해. 이제 안 그럴게. 그나저나 이번에 사라지는 사람은 나지?"

"그렇구나. 그럼 송별회를 하자."

그렇게 말한 파우치에게 조폭이 떨떠름한 표정을 지으며 대답했다.

"그거 말인데, 배웅은 하지 않았으면 좋겠어."

"왜요?"

이유를 묻자 조폭이 부끄럽다는 듯이 말했다.

"사실은 조금 무서워. 그래서 잠자는 동안에 사라지려고…."

"아, 알겠어요. 조폭 씨답네요."

"수염남, 네 시끄러운 알람 시계는 꺼 둬."

그로부터 이틀 후 조폭은 사라졌다.

식당에 놓아 둔 그의 수첩에는 《매시신문》을 자세하게 분석한 메모가 한가득 적혀 있었다. 하지만 마지막 페이지에 적힌 건 사건과는 상관없는 내용이었다. 조폭의 작별 인사가 큰 글씨로 쓰여 있었다.

―제철이 아닐 때 핀 천사들아, 안녕.

다음 날 아침, 나는 파우치와 함께 해변으로 향했다.

이제 곧 파우치가 사라진다. 그의 희망대로 해변에서 배웅하기로 했다.

파우치는 삼각대에 비디오카메라를 세팅하더니 내 옆에 앉았다. 백사장 위에서 둘이 나란히 파도를 바라봤다.

"파우치 씨, 아직도 찍어요?"

"응. 인간이 빛이 되는 모습은 쉽게 찍을 수 없으니까."

"아, 맞다. 그렇죠. 하지만 찍어도 파우치 씨는 못 보잖아요."

"그건 아쉽네."

"왜 그렇게 남 얘기하듯이 말투가 가벼워요?"

내가 그렇게 물었을 때, 갑자기 파우치가 외쳤다.

"왔다! 왔다 왔어!"

"갑자기 큰소리 내지 마세요. 뭐예요? 왜 그래요?"

"하늘의 계시야. 난 슬슬 사라질 거야."

"네? 사라지는 예감이 그런 느낌으로 찾아와요?"

어이없다는 듯이 그렇게 말하자 파우치가 쓸쓸한 얼굴을 했다.

"…파우치 씨? 그런 얼굴 하지 마요. 미련이라도 남았어요?"

"없어. 전부 만족해."

"정말로요? 새삼스럽지만 정말로 영화를 완성하지 않아도 괜찮은 거예요?"

"응. 처음부터 마음속에 그리던 마지막 장면은 결국 찍을 수 없었거든."

"다큐멘터리인데 마지막 장면을 구상했어요?"

파우치는 수평선을 멍하니 바라봤다.

"그럼 구상했지. 참고로 제목도 생각해 뒀다고."

"우와, 어떤 제목인데요?"

파우치는 부끄러운 듯이 잠깐 고개를 숙인 후 내 눈을 보며 입을 열었다.

"클로즈드 서스펜스 헤븐."

그 말을 잘 씹어서 삼켰다. 그러고는 미소 지었다.

"음, 나쁘지 않네요."

파우치는 기쁜 듯이 눈을 반짝이며 만면에 미소를 지었다.

"그래서 말이야. 그 영화의 마지막 장면은 이런 느낌이야…."

구두가 자갈을 밟는다. 돌과 돌이 마찰하는 작은 소리
가 울린다.

소나무 숲 안에 있는 터널 같은 길이 바다로 이어졌다.
바라보는 시선 끝이 서서히 밝아졌다. 곧 해변이다. 파도
소리도 들린다.

마침내 그 구두가 흰 모래를 밟았을 때 아직 낮게 비추
는 햇살이 얼굴에 닿았다. 무심코 눈을 피했다. 그리고 천
천히 돌아섰다. 시야에 펼쳐지는 눈부신 광경이 감개무
량했다.

이 섬에는 남녀 여섯 명이 있었다. 이 바다에서는 남녀
여섯 명이 놀았다.

그러나 지금 나는 혼자다.

시작의 바다를 바라봤다. 흔들리는 수면이 반짝반짝 빛
났다. 그 건너편에 있는 수평선도 마찬가지로 밝게 빛났
다. 그 빛은 점점 일그러져서 알갱이가 되어 흩날렸다.

아무래도 마지막 주민이 사라질 때 이 세계도 함께 사
라지는 모양이다.

먼 하늘이 모자이크 모양으로 갈라지며 무너지기 시작
했다. 무너지는 하늘과 가루가 되어 흩날리는 빛의 바다
가 서로 뒤섞여 색이 없는 색의 벽, 또는 낯선 어딘가와

의 경계로 변했다. 서서히 그 경계가 다가왔다. 모든 것이
사라져 갔다.

마침내 그 경계가 내 몸을 삼켰을 때 꿈결처럼 떠오르
는 느낌이 들었다.

CLOSED
SUSPENSE
HEAVEN

살인자는 천국에 있다

1판 1쇄 인쇄	2024년 5월 16일
1판 1쇄 발행	2024년 5월 30일

지은이	고조 노리오
옮긴이	박재영

발행인	황민호
본부장	박정훈
기획편집	강경양 이예린
마케팅	조안나 이유진 이나경
국제판권	이주은 조연희
제작	최택순

발행처	대원씨아이㈜
주소	서울특별시 용산구 한강대로15길 9-12
전화	(02)2071-2018
팩스	(02)749-2105
등록	제3-563호
등록일자	1992년 5월 11일

ISBN	979-11-7245-314-5 03830